여기까지

여기까지

김제숙 수필

문학나무

흘러 온 시간의 흔적, 여기까지

　언제부터였을까, 아마 나의 생이 이미 반환점을 돌았다고 느꼈을 때부터였던 것 같다. 풍경들은 머뭇거리지도 않고 그냥 흘러 가버렸다. 나는 시간의 뒷모습을 바라보며 자주 망연했다.

　학자들은, 우리의 뇌는 모든 기억을 평등하게 대우하지 않는다고 한다. 처음 겪는 일들은 강렬한 느낌, 신선한 기억으로 각인되어 오랫동안 지속되는 기억의 조각으로 남는다. 반면, 나이가 들면서 겪는 반복적인 일상은 특별한 의미로 뇌에 저장되지 않으므로 시간의 속도를 빠르게 느낄 수밖에 없다는 것이다.

　내가 글을 쓰는 것은 흘러가는 조각들을 건져 올리는 몸짓이다. 하지만 정작 건져 올려야 할 것은 놓치고, 애써서 건져 올린 것은 별 소용에 닿지도 않은 허망한 것일 때도 잦았다. 그렇다고 해도 유한한 시간 속에 사는 한 멈출 수 없는 일이 아닌가 혼자 위로하기도 했다.

시간의 장면들을 사진을 찍고, 글을 쓰면서 내가 소망한 것은 좀 더 느리게 사는 것이었다. 손과 발을 닦고 자리에 들기 전, 앞에 놓인 조각들을 바라본다. 과연 느리게 살았던가. 의문이 든다. 그럼에도 좀 더 느리고 단순하게 살고 싶다는 바람은 수그러들지 않는다.

여기까지 함께 흘러온 조각들을 묶어서 세상으로 내보낸다. 작은 흥분 뒤에 감춰진 부끄러움도 있음을 고백한다. 미욱한 제자를 거둬주신 홍억선 교수님, 흔쾌히 출판에 응해주신 문학나무와 황충상 주간님께 감사를 드린다. 이웃, 친구들, 가족에게 사랑의 말을 전한다. 그리고 내 생의 모든 일들을 주관하시는 저 위에 계신 분께 경배 드린다.

이제, 다시 흐를 일만 남았다.

2014년 가을
김제숙

차례

2부 갑옷을 입어야 하는 이유

3부 직소퍼즐

4부 숨은 꽃

1^부 조각보

조각보

친구가 조각보 하나를 보내왔다. 다과상이나 찻상을 덮을 만한 크기이다. 상보로 쓰기에는 좀 작은 듯 하지만 외출을 할 때면 남편의 상을 보아서 이 조각보로 덮어둔다.

젊은 시절에는 자질구레한 생활 소품들은 웬만한 것을 여러 개 두고 쓰기를 좋아했다. 바느질을 배워 손수 만들었다. 바느질하기를 좋아하는 탓도 있었지만 그런 것들을 일일이 사서 쓰기에는 생활에 여유가 없었다. 아이들 턱받이나 토시, 앞치마, 베갯잇, 커튼을 만들었다. 이제 아이들은 자라서 집을 떠나고 우리 부부만 있어서 집안을 어지럽힐 일도 별로 없고, 매일 쓸고 닦아야 할 일도 줄었다. 아기자기한 소품들을 즐길 나이도 지나서 요즈음은 꼭 필요한 것만 제대로 된 것 하나를 사서 오래 쓰는 편이다.

조각보는 모시로 만든 것이었다. 겹보를 만들 때는 천과 천을 감침질로 붙인다. 그래서 완성된 것을 보면 이어 붙인 자리가 하나의 선으로 보인다. 그러나 모시나 삼베 조각보는 홑겹이라 쌈솔로 바느질을 한다. 감침질은 아무래도 미어질 염려가 있기 때문이다. 쌈솔은 시접을 접어 서로 맞물려 고정시키는 바느질법이다. 이어 붙인 자리만 두 겹이 되니 그 부분의 색깔이 좀 더 진하고 도드라져 보인다. 여러 조각을 이어 붙인 그 자리는 마치 미로迷路같다.

미로는 곧장 갈 수 있는 길이 아니다. 왼쪽이나 오른쪽으로 꺾어 도는가 하면, 가파른 길을 올라가야 하고, 다행히 완만한 길을 만나 잠시 숨을 고르고 나면 다시 벽을 앞에 두고 양 갈래의 길이 나타나 어느 길로 가야할지 망설이게 된다.

문득 내가 살아온 인생길을 돌아본다. 아픈 몸으로 대학에 다니고 있던 남자를 만나 결혼을 했으니 이미 고생을 각오한 출발이었다. 남편이 십 년 남짓 고등학교 교사로 봉직하면서 어려움도 겪었다. 교육은 무엇보다도 학생들의 인격 함양과 특성에 맞는 다양한 프로그램이 우선되어야 한다는 남편의 신념은 일류대학 진학률이라는 벽에 부딪쳐 수없는 좌절을 맛보아야 했다.

그 즈음에 집안이 전소되는 화재를 당했다. 알뜰하게 쪼개 쓰고 여며두었던 얼마간의 돈으로 하나하나 장만한 살림살이들을 한순간에 잃어버리고 자칫 다섯 살 난 아들까지 가슴에 묻을 뻔했다. 겨우 수습하고 허리를 펴니 쉰 중반의 연세로 친정아버지와 어머니가 잇달아 돌아가셨다. 마음 한 자락 내려놓을 곳도, 잠시 등을 기댈 곳도 없었다.

조각보는 말 그대로 여러 조각의 자투리 천을 모아 만든 보자기이다. 손바닥만한 큰 조각도 있고 아주 작아서 손톱만한 조각도 있다. 작은 조각을 이어 붙일 때는 여유를 가지고 더 많은 정성을 들여 집중력을 발휘해야 한다. 작은 조각이라고 만만하게 보거나 지나치게 조바심을 내다가는 바느질이 곱게 되지 않는다. 그러면 전체의 균형은 깨어지고 만다.

그러나 각박한 현실에 부딪치면 한 땀 한 땀 바느질 하듯 느긋하게 걸어가기가 쉽지 않다. 남편이 새로운 일을 준비하느라 우리 가족은 여러 도시를 전전하며 살았다. 그러느라 아이들은 초등학교를 네 곳, 중학교를 세 곳이나 거쳐서 졸업을 하였다. 또래 집단에 속해 작은 사회를 배워가야 할 시기에 전학이 잦았으니 마음을 터놓을 친구 한 명 사귈 여유가 없었을 것이다. 지금도 그 생각을 하면 나도 모르게 더운 울음을 삼키곤 한다.

가파른 길은 아무리 올라가도 끝이 보이지 않았다. 나는 언제 끝날지 모르는 미로를 걷고 또 걸었다. 잠시만 방심하면 마음속에 고이는 어둠을 퍼낼 기력도, 자꾸만 꺾이는 허리를 다시 펼 희망도 희미할 때면 어서어서 세월이 흘러 인생의 황혼에 서고 싶었다. 그 무렵은 아마 내 인생에 있어서 손톱만한 조각천을 잇대어야 하는 세월이었나 보다.

사실 조각보는 거창한 것이 아니다. 고이 모셔 두었다가 한 번씩 감상을 하는 작품이 아니다. 조각보는 이름 없는 아낙네들이 맨 처음 만들기 시작했을 터이다. 그냥 버려질 천 조각들이 아까워서 그것을 모아서 재미삼아 실생활에 필요한 물건들을 만들었을 것이다. 서툴면 서툰 대로, 솜씨가 있으면 있는 대로 만들어 생활에 사용하였음을 짐작할 수 있다.

인생길을 가는 것은 조각보를 만드는 것과 같다. 솜씨가 서툴러서 바늘로 손가락을 수없이 찌르던 세월이 지나고 나니 이제는 제법 큰 조각들이 나에게 주어졌다. 바느질도 이력이 붙어서 한결 쉬워졌다. 이렇듯 인생 여정의 굽이굽이에 놓여있는 크고 작은 문제들을 이기고 나면 그만한 힘이 생긴다.

이제 와서 돌아보니 미로를 걷는 것이 딱히 어려운 일만은 아니었다. 가파른 오르막을 만나 한발 한발 오르다 보면 숨은 턱까지 차오르지만 어느새 시원한 바람은 이마의 땀을 식히고 발은 두둥실 구름 위에 있는 것처럼 느껴진다. 세상 모든 것이 발아래 있는 것이다. 그러니 거칠 것 없는 대로를 순식간에 지나기를 바랄 일만은 아니라는 것을 깨닫는다.

같은 천 조각을 가지고도 그것을 어떻게 배치하고, 어떤 마음가짐으로 바느질 하느냐에 따라서 느낌이 다른 조각보가 된다. 조각보는 서로 다른 색깔을 사용하거나 아니면 같은 계열의 색깔들로 구성하기도 한다. 같은 계열의 색상이라도 각각의 조각은 색의 밝고 어두움과 조직의 곱고 거침에 따라 서로 다른 명도를 나타낸다. 자신만의 감각으로 색상과 크기 그리고 재질의 미묘한 차이를 잘 살려내면 남다른 조각보를 완성할 수 있다. 누구나 같은 인생을 살 수는 없다. 그러니 남의 조각보를 기웃거릴 일도, 내 조각보를 마다할 일도 없는 것이다.

잠이 오지 않는 늦은 밤, 달빛이 머물고 있는 창가에 서면 지나간 날들이 파노라마처럼 스쳐 지나간다. 시간은 물 흐르듯이 흘러가지만 어느 한 날의 기억들은 강의 작은 징검다리로 남는다. 남아서 오늘과 내일을 연결한다. 바로 조각보의 작은 조각들이 그러하다. 어느 한 조각도 허투루 버려질 것은 아니다.

조각보는 작은 조각을 여러 개 붙인 것이 훨씬 아름답다. 크기와 색상과 조직이 다른 수십 개의 조각을 이어 붙였음에도 불구하고 산만하거나 무질서하다는 생각은 들지 않는다. 오히려 통일된 리듬과 질서를 느낄 수 있다. 거기에는 큰 조각 몇 개로는 당할 수 없는 아름다움이 있다.

내 인생은 수많은 조각으로 만들어진 조각보라는 생각이 든다. 아직 마음에 날이 서 있던 시절에는 서투른 솜씨로 작은 조각들을 이어 붙이느라 고통스러웠다. 그러나 그 작은 조각들이 내 인생의 조각보를 만드는 데 없어서는 안 될 것이었다. 바로 역설의 삶이다.

자질구레한 일상사와 몇 개의 상념, 몇 조각 감정의 무늬들이 모여서 하루를 이룬다. 그 하루하루가 날줄과 씨줄로 엮이면서 일 년이 되고, 십 년이 되고, 우리의 생애가 되는 것이 아닌가. 작은 조각 하나하나가 모여서 조각보가 되는 것처럼.

친구가 보내온 조각보에서 나는 살아온 인생을 본다. 그리고 앞으로 살아갈 인생을 본다. ✤

모자람의 행복

이사를 했습니다. 포항에서 이십 년 가까운 세월을 살면서 다섯 번째 집입니다. 첫 번째 집은 지금은 재개발이 된 임대 아파트였습니다. 열 평짜리 아파트에서 남매를 낳아 기르면서 좁은 공간이니만큼 가족 서로가 많이 부대끼며 살았습니다. 그때는 좀 너른 아파트가 생의 목표였습니다. 그러나 집안의 반대를 무릅쓰고 결혼을 하여 맨손으로 출발한 터라 아파트 평수를 넓혀 가기가 쉽지 않았습니다.

지금의 나이에 이르고 보니 그때도 나름의 아름다운 그림을 그릴 수 있었을 것인데 하는 후회가 들기도 합니다. 크레파스의 색깔이 열 가지이면 그 열 개로 그림을 그리면 된다는 것을 이제야 터득합니다. 열 가지 색으로 그린 그림은 더 단순하여서 여러 가지 색깔로 화려하게 그린 것보다 그림이 주는 이미지가 더 강렬할 텐데 말입니다.

오 년 만에 같은 아파트 단지 내에 있는 열세 평으로 이사를 했습니다. 이번에는 임대가 아니고 감격스럽게도 첫 내 집 마련이었습니다. 좁기는 하지만 아이들이 놀 수 있는 거실이 있어서 얼마나 행복했던지요.

그러다가 삼 년 뒤 바로 옆 동네에 서른 평 아파트를 분양받았습니다. 남편이 퇴근해서 오면 두 아이를 데리고 아파트 건설 현장에 가곤 했습니다. 기초공사를 하기 위해 포클레인으로 땅을 파고 있는 곳에 가서 신축될 아파트를 그려 보았습니다. 십일 층 저 높은 곳에 우리의 보금자리가 있겠구나, 가슴 설레곤 했습니다. 그러나 그 아파트가 완공되는 것을 보지 못하고 우리는 서울로 이사를 하게 되었습니다.

　십여 년 뒤, 우리 가족은 다시 포항으로 내려왔습니다. 포항을 떠날 때는 네 명이 떠났는데 그 사이에 아이들은 자라서 학업으로 집을 떠나서 우리 부부만 돌아왔습니다. 다시 둥지를 튼 곳은 포항시 외곽에 있는 아담한 벽돌 주택이었습니다. 사택이어서 제가 선택할 수 있는 것은 아니었습니다. 칠 년 동안 살았던 그 집은 앞뒤로 다른 집들에 둘러싸여 볕이 잘 들지 않았습니다. 그래서 봄도 제일 늦게 찾아오는 집이었습니다.

　새로 옮겨온 집은 앞뒤가 훤히 트인 아파트 삼 층입니다.

문을 열어 놓으면 햇빛도 바람도 머뭇거림 없이 들어와 거실을 가득 채웁니다. 그 풍성함에 부자가 된 듯합니다. 이제는 편리하고 값비싼 살림살이들보다 한 줌의 햇빛, 한 줄기의 바람에 더 마음이 갑니다. 아무래도 물질은 오래 사람의 마음을 잡고 있지는 못하나 봅니다. 남이 볼세라 구겨 넣어 두었던 눅눅한 마음을 꺼내 햇빛과 바람 앞에 펼쳐놓습니다.

이사를 하면서 옷가지, 살림살이들을 많이 정리했습니다. 젊은 시절, 낯선 도시들을 전전하며 살았습니다. 그때마다 손수 짐을 꾸렸습니다. 짐을 꾸리면서 보니 더 편리한 전자제품, 모양이 다른 그릇, 유행하는 스타일의 옷, 시간이 나면 읽어야지 하며 사둔 책들로 집안이 넘쳐나고 있었습니다. 탐욕과 경쟁 심리는 아무런 여과 없이 내 생활을 침범해 들어와서 주인 노릇을 하고 있었습니다.

이사를 와서 커튼을 달았는데, 새로 장만하지 않고 쓰던 것을 그대로 달았습니다. 십 년도 넘게 쓴 광목커튼입니다. 거실은 한 단을 뜯어내리니 그런대로 맞았습니다. 그런데 서재방은 두 번 접힌 단을 뜯어내도 깡총하니 이십 센티는 족히 짧아 보입니다. 그전 같으면 새로 해서 달았을 터이지만 이것도 괜찮아 보입니다. 좀 모자라면 어떻습니까?

며칠 전 부부동반 모임에 갔습니다. 부인들끼리 모여서 이런 이야기들을 나누었습니다. 나이가 들면 좁은 공간에서 좀 모자라는 듯이 살아야겠다고들 했습니다. 방도 여러 개, 텔레비전도 두 대 이상이니 부부가 각기 다른 방에서, 다른 프로그램을 본다는 겁니다.

평균수명이 많이 늘었는데 그렇게 삼사십 년을 어떻게 더 살 거냐고, 그렇게 사는 것이 무슨 의미가 있냐고, 제가 질문을 던졌습니다. 모두들 다소 난감한 얼굴들이었습니다. 그러다가 나이가 들수록 부부가 서로 친밀한 관계를 유지하려면 물리적으로도 조금은 협소한 환경이 중요하다는 결론에 이르렀습니다.

우리 부부는 둘 다 책을 많이 읽는 편입니다. 이사를 다닐 때마다 추려내도 살림살이 중에 책이 으뜸입니다. 세 벽면에 책장을 놓고 책상은 방 한가운데 두었습니다. 저는 큰 책상을 좋아해서 남편의 책상에다 집을 떠나 있는 아들의 책상을 마주 붙여놓았습니다. 높이도, 크기도 조금 차이가 납니다. 그전 같으면 이 두 책상을 처분하고 다른 큰 책상을 사고자 마음을 끓였을 것입니다. 그러나 그냥 쓰기로 했습니다.

남편의 책상은 제가 컴퓨터 작업을 하고 글을 쓰는 공간입니다. 그 너머에 붙여놓은 아들의 책상에는 프린터기와

읽어야 할 책 몇 권을 두었습니다. 요즘에는 날씬하고 다양한 기능의 프린터기가 많이 나오는 모양이지만 제 것은 오래 되어서 덩치가 큽니다.

집에 온 아들이 책상의 삼 분의 일을 차지한 그 프린터기를 보고는 아르바이트를 해서 모아둔 돈이 있으니 제 마음에 드는 걸로 새로 한 대 사라고 했습니다. 새 것, 단정한 것, 깔끔한 것을 좋아하는 저의 취향을 아들은 알고 있었습니다.

그 순간 눈시울이 잠시 뜨거워졌습니다. 물론 새 프린터기를 사주겠다는 아들의 말에 감동한 것보다는 이게 가족이구나, 오래 멀리 떨어져 있어도 엄마의 취향을 잊지 않고 엄마에게 좋은 것으로 선물하고 싶어 하는 아들의 따뜻한 마음을 읽을 수 있었기 때문입니다. 나중에 고장이 나면 그때 사달라고 사양을 했습니다. 아들은 제가 나이만 먹어가는 것이 아니라 삶에 있어서도 잔가지들을 쳐내고 있다는 사실까지는 알아차리지 못했을 겁니다.

여느 사람들과 다를 바 없이 저 역시 세상의 징검다리를 조심하며 건넜지만 가끔은 발을 빠뜨리기도 했습니다. 세상 속에 있는 갈등과 아픔, 시련, 고통들을 피할 수는 없었습니다. 그 모든 강들을 건너서 여기까지 왔습니다.

그러다가 두어 해 전, 오랜 친구를 암으로 먼저 보내고 나서 많이 아팠습니다. 거기에서 헤어 나오고 보니 세상이 조금은 다르게 보였습니다. 더 너른 집, 더 기름진 음식, 더 비싼 옷, 더 좋은 그릇들은 이미 이전의 의미를 상실하였습니다. 그런 것들을 추구하느라 얼마나 시간을 재촉하며 살았는지 모릅니다. 누구나 행복은 물질에 있는 것이 아니라고 말은 합니다. 그러면서도 탐욕을 버리지 못합니다. 세상이라는 무대에서 퇴장을 할 때는 아무 것도 가지고 갈 수 없습니다. 제 친구는 먼저 가면서 저에게 큰 선물 하나를 주고 갔습니다. 비우고 나눠야 행복해진다는 깨달음입니다. 채우려는 욕망에는 끝이 없습니다. 그러니 가질 만큼 가지고도 늘 결핍을 느낍니다.

세 개의 방 중에 중간 방에 서재를 마련한 이유는 따로 있습니다. 방문이 있는 벽과 나머지 두 벽에 열두 개의 책장을 두었습니다. 그리고 한 면은 커다란 창문입니다. 방 중앙에 큰 책상 두 개를 놓고 보니 방문 앞과 창문이 있는 쪽에 한 사람이 누울 수 있는 두 개의 작은 공간이 생겼습니다. 창이 있는 잠자리에서 눈을 뜨니 그 깡총한 커튼 아래로 창틀 가득 파란 하늘이 걸려 있습니다.

이 작은 공간이 제가 우리 집에서 가장 좋아하는 곳입니다. 마치 『소공녀』의 세라가 쓰던 그 다락방 같습니다. 가끔은 이 작은 다락방에 남편을 초대해야겠다는 생각을 합

니다. 공간이 좁으니 둘이 친밀하게 누워 나란히 하늘을
바라보며 가슴 뛰던 시절을 마음껏 그리워해 보아야겠습
니다. 앞으로 또 어떤 집으로 이사를 가게 될는지는 모르
겠습니다. 그러나 이 모자람의 행복은 그 어떤 것과도 바
꾸지 않을 작정입니다. ✻

여기까지

'여기까지.'

나 자신에게 자주 하는 말이다. 물론 마음속으로 하는 말이지만 어떤 때는 경고하듯 소리를 내어 말하기도 한다. '여기까지'라는 말에는 상반된 느낌이 담겨 있다. 일을 마치며 흔쾌히 기분 좋게 말할 때도 있지만, 어떤 일을 계속하기 싫어서 빨리 끝내고자 하는 경우에 쓰기도 한다. 요즈음은 마음과는 달리 자꾸만 몸보다 입이 앞서 나간다.

예전에 연세 드신 어르신들이 노파심에서 같은 말씀을 여러 번 하는 것을 듣기 싫어했다. 드러내 놓고 대꾸를 하지는 않았지만 답답한 마음에 속으로 '아아아아!' 소리를 지르곤 했다.

집에서도 예외가 아니었다. 나는 한 가지 일에 대해 여러 번 이야기하는 것을 무척 싫어한다. 그러나 남편은 되풀이해서 이야기하는 것을 좋아한다. 내가 하는 일이 미덥지 않다기보다는 밖에서 말을 잘 하지 않으니 집안에서 아내와 이런저런 이야기 나누는 것을 좋아해서 그런가 싶다. 그 마음은 이해가 가지만 그럴 때마다 자리를 피하고 싶어진다. 그런데 얼마 전부터 내가 그렇게도 싫어하는 일을 하고 있는 나를 발견하고 적잖이 놀랐다.

아들이 제대를 하고 취업을 했다. 신입사원 연수중이니 곧 거처를 마련하고 중고 자동차라도 구입해야 하는 형편에 놓이게 되었다. 이삼 일에 한 번씩 전화가 올 때마다 나는 앵무새처럼 같은 소리를 되풀이 했다.

"미리 방을 알아봐라. 될 수 있으면 보증금을 많이 걸고 월세를 적게 내는 것이 좋겠다. 자동차도 이삼 년 탄 중고를 구한다고 자동차 상사에 얘기해 둬라. 아침밥을 꼭 챙겨 먹어라. 객지에 있는 데 아프면 누가 돌보아주겠니?"

전화가 올 때마다 토씨 하나 틀리지 않고 되풀이를 했다. 옆에서 듣고 있던 남편이 보다 못해 한 마디 했다.

"그쯤 해 둬. 세 살 먹은 어린애도 아닌데 어련히 알아서 할까봐."

그 말에 괜히 부아가 났다.

'부모가 돼서 남의 일처럼 강 건너 불구경이야?'

마음속으로 궁시렁거리며 눈까지 흘겼다.

내가 유독 애면글면하는 데는 그만한 이유가 있었다. 아들이 초등학교 때, 남편은 하던 일을 그만 두고 다른 일을 하게 되었다. 그러느라 우리는 이사를 자주 다녔다. 아이들도 전학이 잦았다. 중학교를 마칠 때까지 다섯 번이나 전학을 하였다. 그래서 고등학교는 아예 기숙학교로 보냈다. 그때 집을 떠난 아들은 지금껏 방학이나 휴가 때 며칠 집에 머물 뿐이었다. 내 마음속에는 일찍 집을 내보낸 아이들에 대한 미안함이 있었다. 그것 때문에 염려가 지나치게 되었다.

그런데 근래에 들어 꼭 그것 때문만이 아닌 것을 알게 되었다. 일주일에 한 번 글 모임을 갖는다. 글을 한두 편 써서 돌려가며 읽고 토론도 한다. 회원들이 내 글에 대해 한결같이 지적하는 부분이 있다. 글을 마무리 하면 될 텐데 마지막에 꼭 한두 줄 사족을 다는 것이다. 말하자면 잔소리다. 회원들은 글을 읽고 나서 생각하고 받아들이는 것은 독자의 몫이니 그 여지를 남겨두라고 누누이 조언을 한다. 하지만 그렇게 끝을 맺는 것이 미덥지 않은 나는 내 나름의 결론을 내리고 만다.

모임에 갔다가 돌아오는 길은 마음이 무겁다. 그렇게도 내가 싫어했던 일을 지금 하고 있는 것 같아서 우울하다. 나는 단순하고 담백한 것을 선호한다. 요란하고 왁자지껄한 것은 별로다. 군더더기를 싫어한다. 그런 내가 장황하고 중구난방이고 횡설수설하게 되었으니 기가 막힌다.

다행히 나는 깨달으면 고치기 위해 노력하는 편이다. 오지랖이 적당한 그전의 나로 돌아가기 위해 사족을 고쳐보아야겠다고 마음을 먹는다.

며칠 전 수필집 한 권을 읽었다. 독서토론 모임을 하고 있는 친구가 생각이 나서 책 이름을 적어 보냈다.

'좋은 수필집이야. 한 번 사 봐. 가슴이 서늘해지고 눈물이 난다. 글들이 정말 아름다워.'

할 말을 다 적었는데도 나는 전송 버튼을 누르지 못하고 있었다. 뒤에 하고 싶은 말이 있어서였다.

'네 독서 모임의 교재로 사용하면 좋을 것 같아.'

이 말을 적고 싶어서 한참을 망설였다.

'교재로 사용하고 안하고는 친구가 선택할 일이잖아. 내가 강요할 일은 아니지. 책을 사서 보라고 알려준 것만으로 됐어.'

겨우 나 자신을 달래고 전송 버튼을 눌러 문자를 보냈더니 바로 고맙다는 답이 왔다. 저녁 무렵, 토론 모임에 교재로 쓰면 어떠냐는 문자가 다시 왔다. ✶

영천장

무료함이 낯익은 이웃처럼 슬며시 다가와 곁을 떠나지 않는다. 그것은 혼자 오지 않고 우울이나 의욕상실 같은 반갑지 않은 친구들을 데리고 온다. 방심하다 얼떨결에 문을 열어주면 얼마 가지 않아서 주객이 전도되는 경우가 되고 만다.

그러기 전에 간편한 복장을 하고 오일장으로 향한다. 내가 자주 가는 곳은 자동차로 한 시간 남짓 걸리는 영천장이다. 영천은 나의 뿌리가 있는 곳이다. 오십 년 전, 다섯 살 어린 계집아이가 십 리 길을 아버지의 손을 잡고 타박타박 걸어서 시장에 가곤 하던 그 모습을 나는 아직도 잊지 못한다.

어릴 적, 부모님과 떨어져 영천 할아버지 댁에 몇 달간 있은 적이 있었다. 동생이 태어나자 나를 잠시 친가에 맡기신 것이었다. 가끔 아버지가 나를 만나러 오셨다. 아버지가 언제 오시나 동구 밖에 나가서면 쭉 뻗은 신작로 길 양편으로 미루나무가 길게 늘어서 있던 모습이 아직도 눈에 선하다. 인적 드문 한여름 날 오후, 햇살을 받아 은빛

비늘처럼 눈이 부시게 빛나던 미루나무들, 쉬지 않고 울어대던 매미 소리만이 한낮의 정적을 깨우던 그 장면은 내 기억 속에 너무나 선명하게 각인 되어 있어서 지금도 생각하면 눈시울이 뜨거워진다.

아버지는 나를 보러 오시면 하룻밤을 주무시고 가셨다. 다음날에는 혼자 멀리 떨어져 있는 어린 딸이 안쓰러웠는지 나를 데리고 시장에 가시곤 했다. 고기가 잔뜩 든 국밥을 사주셨는데 나는 국밥 맛만큼이나 밥을 다 먹고 나면 구경하게 될 난전에 마음이 가 있었다. 길 양쪽으로 길게 늘어서 있는 만물상들이 그저 신기하기만 했다.

사람을 많이 만나는 일을 하고 있는 나는 항상 사람들 속에서 부대끼며 살아가지만 사람이 애타게 그리울 때가 잦다. 마치 홍수가 나면 사방에 물이 지천이지만 정작 마실 물은 더 귀한 것처럼 말이다. 그래서 일로써 만나는 사람이 아니라 세상의 많은 사람들 속에 섞이고 싶을 때마다 그 옛날을 생각하며 마트가 아닌 장場에 간다. 마트는 단시간에 효율적으로 장을 볼 수 있는 곳이다. 다른 사람과 말 한 마디 나누지 않아도 된다. 현대를 살아가는 사람들에게 어쩌면 안성맞춤인 곳인지도 모른다. 그러나 나는 편리와 효율, 속도가 최고의 선 인양 치부되는 세상에 자주 어지럼증을 느낀다. 그럴 때마다 천으로 만든 장바구니를 하나

들고 장 구경을 나선다.

가을로 접어드는 지금이 오일장의 대목이다. 여름내 농사지은 포도, 복숭아, 고추, 마늘, 양파 등이 장으로 쏟아져 나오기 때문이다. 한 달 남짓 있으면 추석이니 도시에 사는 사람들은 각종 과일과 양념을 준비해야 하고 시골에서 농사를 짓는 이들은 그것들을 팔아서 새 옷도 한 벌 사고 도시에 나가 있던 자녀를 맞이하기 위해선 새 살림살이들도 몇 가지 마련해야 한다.

천변에 자동차를 세우면 바로 옆 고수부지에 자연스레 조성된 농산물시장이 있다. 커다란 자루에 든 잘 마른 고추가 고혹적인 색으로 유혹을 한다. 속이 훤히 비치는 투명한 빨간색이다. 작황이 좋지 못하여 값이 많이 올랐다고 한다. 옆에서 가만히 들으니 흥정하는 말투가 정겹다. 모르는 사람들은 경상도 사투리가 너무 시끄럽고 거칠다고 하지만 천만의 말씀이다. 접미사 '~예'로 끝나는 말은 애교가 철철 넘치는 말이다. '아니오' 라는 의미로 쓰이는 '~언지예' '~아이라예'를 들어보면 알 수 있다.

고추를 사려는 사람이 좀 과하게 값을 깎았나 보다. "텍도 없는(터무니없는) 소리 하지 마이소."라는 말이 바로 튀어나온다. 무 자르듯이 '안 됩니다' 라는 말보다 얼마나 정감 있는 말인가. 그 옆을 지나치다가 소리 없이 웃었다.

한나절을 장 구경할 요량으로 온통 비워두었으니 바쁠 것 없는 걸음새로 사람들에게 치이면 치이는 대로 밀리면 밀리는 대로 흘러 다녔다. 그러다가 바쁜 걸음으로 걷고 있던 뒷사람에게 지청구를 들었다.

"이 양반이 팔도 유람 댕기나. 빨리 빨리 좀 가소."

재래시장에서만 느낄 수 있는 사람 냄새이다. 잠시 비켜서면 될 터, 그것도 싫지가 않았다. 이곳 장에 오면 모두가 고향의 아재, 아지매가 되는 것을 어찌 하겠는가.

영동교에서 영천역에 이르는 큰 길은 가전제품 대리점이나 약국, 은행을 제외하고는 거의가 다 한약재 가게가 들어서 있다. 전국적인 유명세를 실감한다. 재래시장이라 하지만 현대적인 면모를 갖추었다. 나는 처음에는 본래의 모습이 사라져 가는 것 같아서 못마땅하였지만 상인들 입장에서는 경쟁력을 갖추려면 어쩔 수 없을 것이다. 내가 지난번에 왔을 때도 간판들을 새 단장하느라 분주하였다.

두어 시간을 돌아다니다 보니 시장기가 몰려왔다. 내가 시장에 오면 늘 가는 집이 있다. 영천시장의 대표음식인 소머리 곰탕집이다. 주인 할머니는 열아홉 살 때부터 국밥집을 했단다. 올해가 오십 삼 년째라고 했다. 그때는 허허벌판에 긴 나무의자 몇 개 놓고 솥단지 걸어 아궁이에 불을 때며 소머리를 삶아 국밥을 팔았단다. 할머니의 말대로

라면 저 먼 시간 너머에서 벌써 우리는 이십 대 초반의 새댁과 다섯 살 난 계집아이로 만난 사이였다. 내가 처음 왔을 때 사연을 이야기했더니 할머니는 오래된 단골인 양 나를 살갑게 대했다. 따끈한 쌀밥에 오래 끓여 뽀얀 소머리 곰탕은 별미이다. 집에서 작은 찜솥에 조금씩 끓이는 곰탕에 댈 바가 아니다. 시장하던 차에 맛있는 곰탕으로 배를 채우고 나니 왕후장상도 부럽지 않다.

건어물 가게를 지나 생선가게 골목으로 들어선다. 그 유명한 돔배기가 가게마다 제일 좋은 자리를 차지하고 있다. 손님들은 줄을 서서 기다린다. 이 어디쯤에 아버지가 시장에 오실 때마다 들리던 오촌 당숙의 가게가 있었을 터이다. 머리에 서리가 앉기 시작한 세월로 건너온 어린 계집아이는 그 곳을 가늠할 길이 없다. 괜스레 눈물이 핑 돌아 무안해진 나는 눈에 티가 들어간 것처럼 딴전을 피운다.

돔배기는 상어고기를 포를 떠서 소금에 절였다가 적당히 건조시켜 간이 잘 배면 산적으로 제사상에 올리는 고기이다. 어릴 적, 제사를 지내고 나면 어머니가 음복 접시에 조금씩 올려주었다. 평소에는 잘 먹지 못하던 귀한 것이다.

활기찬 생선가게를 지나 큰길로 나섰다. 버스 정류소에는 장을 보고 돌아가시려는 할아버지 할머니들이 서로 어깨를 맞대고 앉아 있었다. 저분들은 오 일이 지나면 딱히 물건을 사고팔 일이 없어도 사람 구경을 하려고 다시 장에 나올 것이다. 그것이 삶의 재미이고 소일거리라고 했다.

몇 시간의 나들이로 나는 오십 년 세월을 건너갔다 왔다. 평소에는 군것질도 잘 하지 않는데 자동차를 타고 멀리 나선 장에서는 이런저런 주전부리를 한다. 그 옛날 아버지가 사 주시던 옛날 과자도 삼천 원어치 사고 고추튀김도 이천 원어치 샀다. 한 개 오백 원하는 호떡도 하나 사먹었다.

자동차가 있는 둔치로 돌아가려는데 전봇대 곁에 정물처럼 앉아 계신 할머니가 있었다. 가까이 다가가서 보니 호박잎 한 움큼, 고구마 줄기 두어 움큼, 작은 그릇에는 마늘 몇 쪽을 놓고 앉아 계셨다. 비닐포대에는 서너 움큼이나 될까 싶은 호박잎이 들어 있었다. 다 팔아도 몇 푼 되지 않을 듯 싶었다. 다 사겠다고 말씀드리고 나서 사진 한 장 찍어도 될까요 했더니 새색시처럼 수줍게 웃으셨다.

"못생겨서 사진이나 잘 나오겠나?"

좀 일찍 떨이를 하셨으니 집으로 돌아가는 시간이 여유 있을 듯하다.

오일장 나들이를 하면서 나는 이렇듯 세월의 징검다리를 건너 그리운 사람을 만난다. 사람에게 지친 몸과 마음을 사람으로 치유한다. 내 삶의 고단함을 힘겨워 했지만 역시 같은 어려움을 안고서도 열심히 살아가는 장터 사람들을 보며 다시금 용기를 얻는다.

　십여 년 뒤, 남편이 은퇴를 하면 아버지의 고향 동네로 돌아올 것이다. 조그마한 땅을 마련해 등을 누일 오두막 하나를 짓고 텃밭을 가꿀 생각이다. 고추와 오이, 가지, 상추를 심어 가끔 내 거처를 방문하는 아들과 딸, 손주들, 친구들을 위해 소박한 밥상을 준비할 것이다. 우리 부부가 꿈꾸고 있는 황혼의 모습이다.

　오늘 저녁상에는 맛있게 끓인 된장찌개와 호박잎 쌈, 고구마 줄기 볶음을 올릴 참이다. 집으로 가려는데 마음이 먼저 알고 앞장을 선다. ✤

대청

　사흘 째 냉전이다. 남편은 밥을 차려주면 먹고 나갔다가 저녁이면 들어와 잠을 잤다. 나도 내 일을 말없이 했다. 그전 같으면 그냥 두었을 살림살이들을 꺼내 씻고, 잘 갈무리해 두었던 철 지난 옷도 다시 끄집어내어 세탁기에 넣었다. 장롱 깊숙이 잠을 자던 이불도 꺼내 거풍을 시켰다.

　우리 집안 분위기를 알 리 없는 햇살이 찰랑찰랑 다가와 흰 광목 이불에다 대고 재재거렸다. 갑자기 불려나온 이불은 내 눈치를 보느라 머뭇댔다. 괜히 방해하기 싫어서 못 본 척 눈을 감았다. 내 몸속에 내가 모르는, 순간 이동하는 길이라도 있는 모양이다. 가슴이 젖는가 싶더니 이내 눈에서 찔끔 물기가 묻어났다.

　한참동안 그렇게 앉아 있었다. 남편이 일을 일찍 끝내고 점심 무렵에 집에 들어왔다. 무심한 듯 물었다.

　"바람 쐬러 갈까?"

　나는 대답 대신 냉동실에 넣어두었던 백설기를 꺼내고 차를 끓여 보온병에 담고 과일 몇 개로 바구니를 꾸렸다. 마지못해 한다는 품새를 보이려고 평소와는 달리 일부러 굼뜨게 행동을 했다.

　집을 나서면서 군위군郡에 있는 한밤마을에 가고 싶다는 생각을 했다. 그렇다고 내가 먼저 말을 하기는 싫었다. 지금껏 남의 삶을 치보며 살지 않았다. 재물이나 명예나 사회적 지위 같은 것에 연연해하지 않아서 그런 일로 인해 부딪히는 일은 별로 없었다. 그러나 마음은 마음대로 되지 않았다. 그것은 담는 그릇에 따라 모양이 달라지는 물과 같았다. 카멜레온처럼 색깔도 자주 변했다. 어쩌다가 무심코 던진 말 한 마디, 몸짓 하나로 인해 작은 틈이라도 생기면 어디에 쟁여져 있었던지 원망과 불평이 쏟아져 나와 쌓이고 만다.

　"대율리 가볼까?"

　속으로 웃음이 나왔지만 심상하니 대답을 했다.

　"그러든지."

　고택이 있고 돌담길이 아름답다는 한밤마을을 보고 싶었다. 언젠가 한 말을 남편이 기억해낸 모양이었다. 두어 시간 자동차를 달려 마을에 도착했다. 차에서 내려 골목길로 접어들었다. 제법 높다란 담 위로 흰 불두화가 만개해 있었다. 붉은 장미도 한창이었다. 돌담 사이사이에 낀 초록의 이끼가 '나도 여기 있어요.' 하는 듯 햇빛을 받아 반짝였다. 식물들은 저렇게 서로를 밀어내지 않고 조화를 이루며 잘 살아가고 있는데 사람은 그만도 못한 것이 자못 부끄러워졌다. 사람이라고는 옆에서 나란히 걷는 남편밖에 없지만 그 마음을 들킬세라 일부러 목을 길게 빼고 담 안을 기웃거리는 시늉을 했다.

제법 너른 골목길을 올라 왼쪽으로 꺾어지니 바로 유명한 남천고택이다. 빈번한 방문객 때문인지 안으로 잠겨 있다. 그 앞에 서자 나는 고택보다 옆에 있는 대청에 마음을 빼앗겼다. 답답했던 속이 훤히 뚫리는 기분이다.

대청 중앙에는 세로로 두 자씩 쓴 대율동중서당이라는 현판이 높이 걸렸다. 정면 5칸, 측면 2칸으로 지금은 사면이 개방된 구조이지만 중건할 당시는 중간에 마루를 두고 양쪽에 방을 둔 형태였으리라 한다. 이 대청을 중심으로 한밤마을의 길이 방사선 모양으로 갈라져 있고 그 길 따라 전통가옥들이 숨바꼭질하듯 드문드문 숨어 있다.

일설에 따르면 한밤마을 전 지역이 사찰 터였고 이 대청은 대종각 자리였다고 한다. 타종을 하면 그 여운이 마을 멀리까지 퍼져나갔을 것이다. 어느 곳에서 종소리를 듣던지 구심점은 이곳이니 지금처럼 대청이 자리 잡고 있는 것이 마땅해 보인다.

복잡한 마음을 대청에 내려놓았다. 따스한 햇살이 눅눅한 마음을 어루만졌다. 무심히 지나갔던 바람도 되돌아와

뭉쳐 있는 마음을 헤집어 길을 내었다.

남편은 인생의 가을을 다소 힘들게 건너고 있는 중이다. 처진 어깨를 보니 마음 한쪽이 기우뚱거렸다. 나라도 중심을 잡자고 다짐을 해도 그건 잠깐이고 다시 발밑이 꺼져들었다.

평생을 모범답안처럼 살아왔지만 세상일이 어디 내 마음처럼 움직여지는 것이던가. 일이 제대로 풀리지 않고 구설에 말릴 때마다 남편은 좌절했다가 다시 추스르곤 했다. 그러나 몸이 늙어가는 만큼 마음도 탄력을 잃어가는 모양이었다. 요즈음은 그전처럼 쉬 마음을 회복하지 못했다. 그 무게가 만만치 않을 거란 것을 알면서도 "어깨 좀 펴고 다녀요." 보다 못해 짜증스럽게 내뱉은 말이 이번 냉전의 시작이었다.

대청은 만남의 장소가 아닌가. 서로 소통하고 화해를 이루는 곳이다. 남편과 내가 자동차를 타고 오는 사이 멀뚱히 서로 다른 곳을 보고 있던 두 마음이 아마 이런 대청에서 만났나 보다. 그래서 같은 목적지를 염두에 두게 된 것이 아닐까? 우리 부부의 잦은 다툼은 어쩌면 소통으로 가는 한 방법일지도 모른다. 다른 표현이지만 같은 뜻인 남편이 대율리, 내가 한밤마을이라 칭하는 것처럼.

갑자기 요란한 참새소리가 들렸다. 돌담길 여기저기에서

한꺼번에 아이들이 쏟아져 나왔다. 입구에 관광버스 세 대가 서 있더니 수학여행을 왔나 보다. 백여 명은 되어 보이는 아이들은 순식간에 너른 대청을 점령해버렸다. 휴대전화기로 전화를 하는 아이, 작은 책자를 들여다보는 아이, 사진을 찍는 아이, 간식을 먹는 아이, 옆의 친구와 이야기를 하는 아이, 무언가를 쓰는 아이……. 하고 있는 일만큼이나 자세도 다 달랐다. 대청 끝에 걸터앉고, 엎드리고, 기둥에 기대고, 양반다리로 앉아 있고, 벌렁 눕기도 했다. 대청은 아낌없이 자리를 내주었다.

참새들이 사라지고 나자 사위는 갑자기 조용해졌다. 대청의 기둥과 기둥 사이에 팔공산 자락의 풍경이 각각의 액자처럼 걸려있다. 대청은 모두 열다섯 개의 주춧돌을 놓고 그 위로 기둥을 세웠다. 대청의 바닥은 땅에서 아이의 허리높이 만큼 올라와 있었다. 위아래로 막힘이 없다. 이렇게 바람 길을 두었으니 기우뚱거릴 리 없을 터이다.

신산스런 마음을 대청에 그대로 두고 좁은 돌담길을 따라 걸었다. 마을 초입에서 대청까지 올라오는 길의 담은 제법 높고 육중했다. 대청에서 다른 쪽으로 내려가는 길의 돌담은 낮고 아담했다. 집들도 소박하다. 이끼 긴 돌담을 들여다보니 켜켜이 쌓아 견고해 보였지만 그 사이사이에 바람 길이 있었다. 그 때문에 돌담이 무너지지 않을 성 싶다.

낮은 돌담 안쪽에는 흰 보석들로 한껏 치장을 한 감나무가 다소곳이 서 있다. 껑충 키가 큰 호두나무는 엄지손톱만 한 열매를 수없이 매달고 뽐내듯 그 옆에 나란히 자리 잡았다. 청춘의 두 나무는 서로에게 풍요한 미래를 약속하고 있는 듯했다. 걸음을 멈추고 올려다보고 있는 나에게 '어때, 괜찮은 한 쌍이지?' 하는 듯했다. 복잡한 마음을 대청에 두고 와서 그런지 이런 상상력이 더해졌다. 나도 모르게 남편과 내가 부부의 인연을 맺을 때 생각이 나서 빙그레 웃음이 나왔다.

철없던 단발머리 소녀였을 때 까까머리 남자애를 처음 보았다. 인연으로 묶여 오랜 세월을 함께 걸어야 할 운명이었는지 이십대 중반에 몸이 아파 휴학을 하고 있는 터벅머리 청년인 그를 다시 만났다. 눈에 보이는 결혼의 조건을 아무 것도 갖추지 못했지만 순수한 마음과 성실함과 책임감이 그가 갖고 있는 재산이라 믿고 모험을 했다. 긴 인생의 여정에 잠시 동안의 주춤거림이 무엇이 문제가 되랴 싶었다. 더디 가는 만큼 한 생애의 이야깃거리는 더욱 풍성해지리라 생각했다. 주어진 날들을 순리대로 살면 시간의 끝자락에 섰을 때, 그래도 괜찮은 부부였다고 서로에게 그윽한 눈길을 보내게 될 줄 알았다.

우리의 삶이 벽으로 둘러싸인 안온한 방에서만 이루어지

는 것이 아니라 때로 거칠 것 없이 훤히 트인 대청에 머무를 때도 있어야 함을 간과했었다. 그저 앞만 보고 달려가느라 잠시 멈추어 서서 비우는 법을 터득하지 못했다. 그러는 사이 노폐물이 쌓여 동맥경화를 일으키곤 했다.

아! 이제부터는 남편의 마음 한 귀퉁이, 내 마음 한 귀퉁이를 비워 우물마루를 깔고 열다섯 개의 원주 기둥을 세워볼까? 기둥 하나하나에 우리 부부가 그동안 써내려온 삶의 이력을 새겨 넣으면 제 자리를 잃고 자주 기우뚱거리는 마음을 바로 잡을 수 있을까?

살아가는 인생의 여정 속에 잠시 휴지休止가 필요할 때면 이렇게 찾아와 마음을 다스릴 수 있는 곳이 많았으면 좋겠다. 책이나 사람도 위안이 되기는 하지만 앞선 삶을 살다 간 이들의 흔적들 위에 현재를 건너가고 있는 우리의 마음을 얹을 수 있다면 좀 더 깊고 융숭한 호흡으로 살아갈 수 있으리라.

걸음을 돌려 다시 대청으로 왔다. 햇빛도 만지고 바람도 쓰다듬고 지나간 마음은 한결 말랑말랑해졌다. 사느라 다시 때가 끼고 거칠어지면 이 훤히 트인 대청을 생각할 것이다. 마음을 제 자리에 담았다. 돌아가는 발걸음은 올 때의 그 걸음이 아니다. ✻

감꽃 목걸이

간밤에 바람이 불고 비가 내렸다. 자정이 넘어 잠자리에 들었지만 자는 내내 뒤척거렸다. 이른 아침, 집 밖을 나서 보니 아니나 다를까 감꽃이 하얗게 떨어져 있다. 굵은 열매를 수확하려고 일부러 품을 들여 적과를 하는 마당에 하룻밤 비바람에 떨어진 감꽃이 무슨 대수랴 하겠지만 그것을 보는 내 마음은 옛 생각에 젖어든다.

초가의 마당 한쪽에 서 있는 감나무, 그 아래 수북이 떨어져 있던 하얀 감꽃의 기억은 아직도 선명하다.

초등학교에 들어가기 전, 나는 시골 할아버지 댁에서 얼마동안 지낸 적이 있었다. 일주일이나 열흘에 한 번 아버지가 나를 만나러 오셨다. 손가락처럼 길게 생긴 과자 한 봉지를 사 주시면서 말씀하셨다.

"이것 다 먹으면 오마."

어린 마음에 빨리 먹어버리면 아버지가 오래지 않아 오시겠지 하는 생각에 마구 먹다가 할머니께 들켜 혼난 기억도 났다.

농사일로 늘 바쁘신 할아버지 할머니를 대신해서 나를

보살펴 준 사람은 혼자 지내시던 작은어머니였다. 작은어머니는 성품도 온화했고 거기다가 상당히 미인이셨다. 무슨 이유에서인지 신랑에게 소박을 맞고 아이도 없이 시부모님을 모시고 적적하게 살고 있던 터에 어린 질녀가 함께 지내게 되었으니 내심 반가웠던 모양이었다. 말이 없고 겁이 많은 내가 안쓰러웠던지 작은어머니는 마당에 수북이 떨어진 감꽃을 모아다가 실에 꿰어 목에 걸어주었다. 가끔은 작은 경대 앞에 앉혀놓고 분을 바르고 눈썹을 그리고 입술연지를 발라주기도 했다. 그것은 어쩌면 피어보지 못하고 시들어 가는 자신의 인생을 곱게 단장해 보고 싶은 마음이 아니었을까.

시골의 밤은 일찍 어두워졌다. 호롱불을 끄고 서둘러 잠자리에 들었다. 잠을 자기 전, 하루 종일 걸고 다닌 감꽃 목걸이를 윗목에 조심스레 벗어놓았다. 아침에 일어나면 오줌도 누러 가기 전에 감꽃 목걸이부터 찾았다. 빛나던 하얀 감꽃은 거짓말처럼 사라져버리고 실에 꿰여 있는 것은 그저 시들어 말라가는 거뭇거뭇한 감꽃 뭉치였다.

어린 마음에 어찌할 바를 몰라 시든 목걸이를 만지며 소리죽여 울고 있으면 부엌에서 아침밥을 짓고 있던 작은어머니는 어느 새 내 기척을 알아차렸다.

"밥 많이 먹으면 이따가 또 만들어 주마."

날마다 마당에는 감꽃이 떨어졌다. 감나무는 스스로 키울 수 있는 만큼의 꽃들만 달고 있고 나머지는 떨어뜨린다고 했다. 여러 날이 지나자 이제는 제법 몸집이 굵은 감들이 떨어졌다. 작은어머니는 그것들을 모아다가 소금물 단지 안에다 며칠 동안 담가두었다가 나에게 간식으로 주었다.

감이 떨어질 무렵이면 개울로 고디를 잡으러 갔다. 산 그림자가 내려오기 시작하면 돌 틈에 숨어있던 고디들은 마실을 나서기 시작했다. 내가 들여다보고 있는 것도 모르고 시침을 떼며 슬금슬금 제법 커다란 돌들 위에 올라앉는 것이었다. 어린 나도 한 보시기 잡는 것은 일도 아니었다. 욕심을 내지 않고 네 식구가 두어 끼 먹을 정도만 잡으면 집으로 와서 뒤꼍에 걸어둔 솥에 장작을 때어 고디를 삶았다. 작은어머니는 탱자나무 가시를 하나 꺾어 나에게 쥐어 주면서 껍데기 안에 숨어있는 알갱이를 꺼내는 법을 가르쳐 주었다. 고디를 한 줌 집어주면 나는 감나무 아래 평상에 앉아서 그것을 까먹었다.

작은어머니는 국이나 무침을 하기 위해 다른 그릇에다

알갱이를 담았다. 알갱이 까먹는 것에 빠져 있다가 한참만에 얼굴을 들면 작은어머니는 눈에 눈물이 그렁거리고 있었다. 내가 너무 많이 까먹어서 그런가 하고 눈치를 보며 작은어머니가 한 줌 집어준 고디를 까서 그릇에 보탰다. 그러면 작은어머니는 별일 아니라는 듯이 눈물을 훔치며 말했다.

"우리 음전이, 착하네. 작은엄마랑 여기서 살자."

내 이름이 음전이가 아니었지만 작은어머니가 이름을 잘못 부르는 것은 상관이 없었다. 내가 있어서 작은어머니가 울지 않으면 그럴 수도 있다고 생각을 했다. 집에는 오빠와 동생이 있으니까. 그리고 한 번도 나를 보러 오지 않은 어머니보다 작은어머니가 더 좋다는 생각을 했다.

그때는 일가친척들이 한 동네에 모여 살았다. 사흘이 멀다 하고 혼사나, 제사나, 어른들의 생신 등 집안의 모임이 생겨서 개울을 건너 마을을 오갔다. 밤이 아주 깊어서야 지내는 제사를 나는 한 번도 볼 수가 없었다. 오늘은 기다렸다가 그렇게도 맛이 있다는 제삿밥을 먹어야지 다짐을 하지만 매번 나는 작은어머니의 등에 업혀서 개울을 건너올 때에야 잠이 깨곤 하였다. 잠결에 느닷없이 달려드는 서늘한 기운에 눈을 뜨면 작은어머니는 나를 업고 징검다리를 건너고 계셨다.

은빛 실타래를 풀어놓은 듯 달빛에 젖어있는 개울의 풍경은 어린 나의 눈에는 신기할 뿐이었다. 밤인데도 이렇게 밝을 수가 있다니. 희게 빛나는 것은 그뿐만이 아니었다. 둑을 따라 길게 늘어선 감나무의 하얀 감꽃도 밤이면 달빛 아래 밝게 빛났다. 개울을 건너 골목길에 들어서면 집집마다 서 있던 감나무의 감꽃 향이 어둠 속에서도 우리를 먼저 알고 반겼다.

여름과 가을이 흘러갔다. 내 어린 날의 나이테는 그렇게 여물어갔다. 작은어머니는 남편에 대한 야속함, 품에 자식을 두지 못한 허전함을 질녀인 나에게 쏟으면서 살았던 것 같다. 겨울이 오기 전에, 나는 집으로 돌아갔다.

어머니는 오래 전에 세상을 떠나셨고 어린 시절 잠깐 나를 거둔 작은어머니와는 긴 세월 동안 각별하게 지냈다. 작은어머니도 몇 년 전 먼 길을 가셨다.

감꽃 목걸이는 내 기억 속의 가장 첫 부분이다. 인생은 줄거리가 있는 이야기가 아니던가. 그렇다면 긴 여정 속에 산재해 있는 장면이 많을수록 이야기는 더 풍성하고 흥미진진해질 것이다. 수많은 풍경이 하나하나의 장면으로 남아 내 인생의 갈피 어딘가에 저장되어 있다.

감꽃이 필 때쯤이면 어쩐지 외로움이 밀려든다. 내 유년의 뿌리와 닿아 있던 작은어머니를 여의고 난 후의 증상이

다. 그날이 그날 같다는 서글픔이 마음을 잡고 놓지 않는
다. 이런 날이면 느리고 고요하게 한 자락 추억을 불러와
서 펼쳐 볼 일이다.

　떨어진 감꽃을 주워든다. ✤

고디국

십여 년 전 가을, 친정 엄마가 우리 집에 오셨다. 엄마는 인생의 마지막 시기였던 그 무렵을 외로움 속에서 사셨다. 그나마 말동무라도 될 수 있는 하나 밖에 없는 딸은 버스로 다섯 시간의 거리에 살고 있었으니. 외로움의 무게를 감당하기 어려울 때쯤이면 '에미 보아라'로 시작하는 장문의 편지를 써서 보내셨다. 내용은 주로 바듯하게 꾸려가고 있는 살림살이 걱정, 사위의 건강에 대한 염려, 두 손주에 대한 그리움들이었다. 어디에도 당신의 이야기는 없었지만 글의 행간에 뿌려져 있는 수많은 눈물 위에 내 눈물도 보탰다. 그 애틋함이 커서 잠시라도 모셔 와서 함께 있고 싶었다.

하루는 고디국을 드시고 싶다 하셨다. 어릴 적에 여린 배추를 살짝 데쳐 넣고 정구지도 쏨벙쏨벙 썰어 넣고 밀가루를 풀어 끓인 고디국을 즐겨 먹었다. 지금처럼 찹쌀가루를 풀고 들깨가루를 듬뿍 넣은 옹골찬 고디국이 아니었다. 열대여섯 식구가 먹어야 했으니 풋내 나는 멀건 국이었다. 엄마는 그 생각이 나신 듯했다. 고디를 사려고 몇 번이나 큰 시장에 갔지만 그때마다 허탕을 쳤다. 엄마는 그 가을에 먼 길을 떠나셔서 다시는 우리 집에 오지 못했다. 고디국은 내게 그리움이다.

몇 해 전, 일주일에 한 번 정도 친구와 황토찜질방에서 만났다. 세상의 시간이 얼마 남지 않은 친구는 내가 고디국을 끓이고 머위 잎을 데쳐 된장에 무쳐서 도시락을 싸서 가면 그렇게 좋아했다. 죽음의 그림자가 등 뒤에 바투 붙어 있건만 친구는 연신 "얘, 너 고디국 잘 끓이는구나, 정말 맛있다." 하며 콧등의 땀을 닦았다.

친구인들 그것을 느끼지 못했겠는가. 하늘의 뜻이 무엇인지 하늘에다 대고 삿대질이라도 하며 묻고 싶었을 것이다. 시간이 지나면서 친구는 피할 수 없는 길이라면 순리대로 가겠다고 했다. 옆에서 지켜보던 나는 길길이 화를 내었다.

'죽음은 연인이 아니야. 우리 나이에 죽음이란 원수야. 원수에게 곁을 내어주지마.'

단발머리 시절, 그 친구와 나는 앞뒤 번호를 나눠가졌다. 친구가 46번, 내가 47번이었다. 집에서 잠을 잘 때 외엔 하루 종일 붙어 지냈다. 그러던 것이 서로 인연을 만나 결혼을 하고 각자 다른 삶을 사느라 잠시 헤어졌다. 내가 여러 도시를 전전하며 살다가 다시 이곳으로 왔을 때, 친구는 우리의 남다른 인연에 즐거워했다.

마지막 모습을 보러 병원에 갔을 때였다. 이미 말문을 닫은 친구는 나를 향해 손을 들어보였다 천국에서 보자는 것이었다. 고디국은 내게 슬픔이다.

그 후로 나는 고디국을 끓이지 않았다. 나도 엄마를 닮아 고디국을 좋아한다. 언제든 끓여야지, 싶어서 고디를 삶아 물과 함께 냉동실에 얼려 두었다. 냉동실 문을 열 때마다 고디가 보였지만 애써 모른 척 했다. 그리움이나 슬픔은 볕이 바르고 바람이 좋은 날 높이 걸어두어도 마르지가 않았다.

그런 내가 어제는 큰 솥으로 한 솥 가득 고디국을 끓였다. 우리 동네는 봄이 무르익어 농익은 향기를 퍼뜨리는 이맘때가 가장 바쁜 시기이다. 과수원에서는 열매를 살펴 대여섯 개 중에서 튼실한 것 한두 개를 남기고 모두 따버린다. 남겨둔 엄지손톱만한 열매는 봉지를 씌운다. 또, 기계로 하기 때문에 그전처럼 그리 많은 일손이 필요하지는 않지만 모내기도 해야 한다. 무엇보다도 제일 사람의 손이 많이 가는 것은 산딸기를 따는 일이다.

나는 산딸기 농사를 짓지는 않지만 눈코 뜰 새 없이 바쁜 이웃의 밭에 가서 잠깐씩 일손을 거들기도 한다. 그러다가 고디국 생각이 났다. 하루 종일 밭에서 일하고 지쳐서 집에 돌아왔을 때 맛있게 먹을 수 있는 한 그릇의 고디국을 대접하고 싶었다.

냉동실에 얼려 두었던 고디를 해동시키고 장에 가서 정구지 석 단과 슴음배추 한 단을 샀다. 배추는 슬쩍 데쳐서 잘게 썰어두었다. 정구지도 잘 다듬어 씻어 썰어두었다. 찹쌀가루와 들깨가루를 물을 부어 개어놓았다. 고디 삶은 물이 끓기 시작하면 배추와 정구지를 넣고 한소끔 끓인다. 그러고 나서 찹쌀가루와 들깨가루 갠 것을 넣고 간을 한다. 나는 간장과 소금 간을 반반씩 한다. 이게 시원하게 끓이는 맛의 비결인 것 같다.

동네 사랑방 부엌에 국솥을 가져다 놓고 입도 빠르고 손도 빠른 이웃 아주머니께 전화를 걸었다. 하루 종일 과수원이나 들에서 일하시느라 저녁 반찬 준비를 못하신 분들은 한 냄비씩 떠가서 저녁에 드시라고 했다.

이제 그만 고디국의 그리움과 슬픔에서 놓여날 때가 되었다. ✱

태양 귀걸이

장신구를 좋아하는 나는 반지, 목걸이, 귀걸이, 팔찌, 브로우치로 치장하는 즐거움을 누린다. 그 중에서도 귀걸이를 좋아한다. 외출을 할 때면 설레는 마음으로 작은 상자를 연다. 몇 가지 되지 않지만 이 순간이 즐겁다.

요즘은 스페인 여행길에서 사온 부엉이 귀걸이를 자주 한다. 부엉이는 지혜와 부의 상징이라고 한다. 그것에 마음이 솔깃하여 애용하는 편이다. 그러나 내가 제일 좋아하는 것은 따로 있다. 시골 오일장에서 산 것이다. 중심에 작은 원이 있고 가장자리로 가면서 소용돌이가 있는, 흡사 고대 벽화에 그려진 태양의 모습을 한 것이다. 태양 귀걸이라고 이름을 붙였다. 이 귀걸이를 착용하면 어쩐지 거기에서 힘찬 에너지가 나와서 온몸으로 전이되는 듯 느껴진다.

몇 년 전 몸이 많이 아파서 조용한 시골집에 일주일 기거한 적이 있었다. 처음 이틀은 내리 잠만 잤다. 사흘째 되는 날, 몸을 추스르고 나가니 주인아주머니가 근심어린 표정으로 숭늉 한 그릇을 내오면서 마침 근처에 오일장이 섰으니 바람이라도 쐬고 오라고 일렀다.

오일장도 예전과 같지 않다더니 한산하였다. 우선 장 입구에 있는 국밥집으로 들어갔다. 가게 앞에는 커다란 솥에 기름이 둥둥 뜬 국이 끓고 있었다. 밥과 국, 깍두기 한 접시가 앞에 놓였다. 국을 두어 숟가락 떴다. 갑자기 오래전에 아버지를 따라 오일장에 와서 국밥을 사먹던 기억이 떠올라서 눈물이 핑 돌았다. 밥이 목에 걸려 내려가지가 않았다. 반도 더 남은 국을 두고 숟가락을 내려놓았다.

밥집 건너편에 장신구를 파는 좌판이 있었다. 삼십대 후반으로 보이는 아저씨에게 카메라를 들어 보이며 손가락 하나를 폈다. 사진 한 장 찍어도 되겠냐는 뜻이었다. 장에서 카메라를 들이대면 열에 아홉은 강한 거부감을 보인다. 그래서 몰래 찍지 않으면 사진 찍기가 힘이 드는데 이 아저씨는 환하게 웃으며 얼마든지 찍으라고 했다. 얼른 대여섯 장의 사진을 찍었다. 좌판 전체를 찍고, 귀걸이와 목걸이를 클로즈업해서 찍고, 주인아저씨를 좌판과 함께 찍었다. 고마운 마음에 주소를 알려주면 사진을 보내주겠다고 했다. 그랬더니 떠돌이라 사진을 받을 수 있는 주소가 없다고 했다. 그러면서 물었다.

"혹시 시간 좀 있으세요?"

속으로 아차 했다. 사진을 찍으라고 흔쾌히 허락하더니 이게 무슨 수작인가 싶었다. 몸이 허하다 보니 마음도 나사 하나를 풀어놓았나 싶어 속으로 혀를 끌끌 찼다.

"시간은 왜요?"

사진을 찍기 위해 미소를 머금은 가면을 벗으며 다소 퉁명스레 물었다.

아저씨의 말을 들으며 실소했다. 오늘 이 장에 처음 왔는데 파장 시간이 다 되가도록 개시도 못했다고 했다. 나보고 좌판을 구경하며 시간을 좀 끌어달라는 거였다. 말하자면 바람잡이가 되어 달라는 뜻이었다. 사진 몇 장 찍고 꼼짝없이 잡혔지만 나는 흔쾌히 그러마고 했다. 아저씨는 개시도 못한 표정이 아니라 분에 넘치게 수지타산을 맞춘 사람처럼 유쾌하게 보였다. 그런 모습에 마음이 저절로 열렸다.

나는 아프다는 사실도 잊어버리고 반지를 껴보고, 귀걸이를 달아보고 했다. 그러자 지나가던 사람들이 걸음을 멈추었다.

"예쁜 것, 있어요?"

내가 고른 귀걸이 두 쌍을 보여주며 말했다.

"네, 예쁜 거 아주 많아요. 값도 엄청 싸요."

처음 보는 여자들이라도 반지나 귀걸이 앞에서는 금방 친구가 되는 모양인지 머리를 맞대고 함께 고르기도 했다. 그러자 할아버지도 기웃거렸다. 나는 이왕 도와주는 김에 제대로 해야지 싶었다.

"할아버지, 할머니 반지 하나 사세요. 장에 나오셨다가 예쁜 반지 하나 사가시면 할머니가 엄청 좋아하실 텐데요."

몇 년이 지난 일이지만 이렇게 생생하게 기억하는 것은 그 아저씨의 밝은 표정 때문이었다.

이 이야기를 친구에게 했더니 나보고 너무 순진한 거 아니냐고 반문했다. 그 장꾼이 얼마나 많은 장을 돌아다녔겠느냐. 그때마다 판매 전략이 있을 것이다. 내가 너무 순진해 보여서 개시도 못했느니 어쩌니 하면서 나를 붙잡아두고 매상을 올린 걸 거라는 말이었다. 나는 그 아저씨가 설사 나를 속였더라도 상관이 없었다. 떠돌이 장꾼으로 살아가노라면 얼마나 숱한 사연을 안고 있을 것인가. 어려운 환경을 딛고 살아가는 긍정적인 자세가 마음에 들었다. 그게 그 아저씨의 재산이었을 것이다.

사람을 많이 만나는 일을 하는 나는 사람들 속에서 받은 상처 때문에 결국 건강까지 헤쳐 잠시 여행을 떠나 왔다. 잠시 동안 본 모습이지만 항상 웃고 있는 아저씨를 보면서 내가 이렇게 힘이 드는 것은 웃음을 잃어버려서일 거라는 생각이 들었다.

그 후로도 나는 그 장에 두 번을 더 갔다. 혹시나 싶어서 아저씨를 찾아보았지만 볼 수 없었다.

화장을 하고 옷을 차려입고 귀걸이를 한다. 화룡점정은 태양 귀걸이이다. ✱

애니팡의 유혹

조금 시들해지기는 했지만 여전히 애니팡 열풍이다. 자투리 시간이 나면 휴대전화기에 얼굴을 묻고 검지를 부지런히 움직이는 모습이 자주 눈에 띈다. 오래 연락이 없던 친구들로부터도 애니팡에 초대한다는 문자가 심심찮게 날아온다.

빵을 좋아하는 나는 처음에 '애니팡'이 새로 나온 빵 이름인 줄 알았다. 처음 문자를 받았을 때는 그동안 연락도 없다가 무슨 초대인가 싶어서 기분이 언짢았다. 하지만 애니팡을 하는 친구로부터 예의를 따지며 심각하게 받아들일 것은 아니라는 이야기를 듣고 감정을 다스렸다.

애니팡에는 곰과 쥐, 토끼, 돼지, 호랑이가 등장한다. 이들의 얼굴을 귀엽고 순진한 캐릭터로 그려서 휴대전화기 화면에 가득 깔아두고 같은 동물을 한데 모으면 '팡'하면서 동물들이 사라진다. 그러면 점수를 얻는 것이다. 규칙은 간단하다. 한 번에 한 칸씩 이동, 똑같은 그림 세 개를 맞추면 된다. 이렇게 간단한 것이 묘한 중독성이 있다.

게임이라면 오래 전, 휴대전화기가 처음 나왔을 때 벽돌

깨기, 물고기 잡기가 고작이었다. 화면 가득했던 벽돌을 깨부수어 빈 화면으로 만드는 것이, 물고기가 다른 작은 물고기를 잡아먹어서 점점 커지는 것이 무척 재미있었다. 하지만 게임에 발을 조금 들여놓았다가는 미련을 두지 않고 금방 뺐다. 마음 저 밑바닥에 도사리고 있는 두려움 때문이었다.

어릴 적, 밤이면 할아버지 방에서 놀았다. 그 방에는 늘 먹을 것이 있었다. 겨울이면 연탄불 구멍을 넉넉히 열어두어서 언제나 따뜻했다. 할아버지는 저녁을 드시고 나면 할머니와 마주 앉아 화투를 치며 긴 겨울밤을 보내셨다. 초등학교 저학년이었던 나는 옆에서 기웃거리며 화투짝을 맞춰드리곤 했다. 그게 내 호기심을 당기지 못했다면 큰방의 어머니 옆에서 연속극을 들었을 텐데 나는 화투 구경이 재미가 있었다.

그것도 유전이 되는지 할아버지가 즐기셨던 화투를 아버지께서도 좋아하셨다. 문제는 그저 집에서 심심파적이셨던 할아버지와는 달리 아버지는 집 밖에서 일삼아 하셨다.

그래서 자주 돈 문제를 일으켜 어머니의 근심이 되었다.

지금처럼 대기업이 주택사업을 주도하기 전, 아버지는 집을 지어 파는 일을 하셨다. 정보에 빠르고 수완이 좋으셔서 집을 짓고 나면 관공서가 들어서거나 큰 길이 나서 집값이 몇 배로 뛰었다. 어떨 때는 두세 채의 집을 동시에 지을 때도 있었다. 그러나 아버지가 화투에 손을 대고부터는 집을 다 짓기도 전에 이미 다른 사람의 손에 넘어가 있기가 일쑤였다.

어느 날, 어머니는 나를 앞세워 아버지를 찾아 나섰다. 골목길을 돌고 돌아 아버지를 찾아가면서 왜 오빠를 두고 여자인 나를 데리고 가는지 이해할 수가 없었다. 세월이 한참 흘렀을 때에야 어머니의 마음을 짐작할 수가 있었다. 아버지의 그런 모습을 장남인 오빠에게 보이고 싶지 않았던 것은 아버지의 권위를 잃지 않게 하려는 어머니의 배려였다.

어머니가 미리 알아둔 집에 도착을 하면 마루 아래 신발들이 어지러이 널려 있어서 방안의 상황을 쉽게 짐작할 수가 있었다. 방문을 열면 매캐한 담배연기 사이로 아버지가 어렴풋이 보였다. 내 생애 가장 슬픈 기억으로 남아 있는 아버지의 모습이었다.

결혼을 하고 나서 맞은 어느 해 추석날이었다. 친정에 갔더니 친척들이 고스톱을 치고 있었다. 작은아버지가 모처럼 친정에 온 나를 보더니 반가운 마음에서였는지 옆에 앉으라고 했다. 내 앞에도 패를 돌리기에 칠 줄 모른다고 했더니 기본적인 것을 몇 가지를 가르쳐 주었다. 즉석에서 규칙을 배운 나는 두어 판이 돌아가자 엉거주춤 앉아 있던 자세를 바로 했다. 얼마가 지났을 때 판돈이 모두 내 앞에 몰려 있었다. 온 가족들이 이구동성으로 소리를 쳤다.

"칠 줄 모른다는 말이 거짓말이었지? 이래도 되는 거냐?"

갑자기 온몸에 소름이 돋았다. 나 자신도 속으로 '이게 무슨 일이야?' 소리를 쳤다.

그때부터 나는 화투는 물론 간단한 게임 근처에도 가지 않는다. 그런 잡기를 통하여 누릴 수 있는 소소한 즐거움을 아예 포기하고 산다. 내 속에 나도 모르는, 내 의지로 제어하지 못하는 도박 본능이 있을지도 모른다는 두려움 때문이다.

애니팡에 빠져 있는 친구들은 커피를 주문하고 나오기까지 잠깐조차 기다리지 못하고 다시 휴대전화기를 들여다본다. 뭐가 그렇게 재밌냐고 물으니 세상 근심걱정을 다 잊어버릴 수 있어서 좋다고 한다. 이 시간만큼은 남의 흉도 보지 않고 미워하지도 않으니 그렇게 부정적으로 볼 것만은 아니라는 거다. 그러면서 하트를 보내 줄테니 고이집을 짓고 한 번 해보라고 권한다.

　기억력이나 순발력이 점점 쇠퇴해가고 있는 중년의 아줌
마라서 그런지 옆에서 구경하는 나도 맞출 수 있는 모양을
신속하게 찾지 못하고 친구는 검지를 움찔움찔 거리며 헤
매고 있다. 지금 해도 내가 더 잘할 것 같은 생각이 든다.
기어이 참지 못하고 "여깃네, 빨리빨리!" 하며 훈수를 둔
다. 그러면 친구는 여전히 시선을 그림에 고정한 채 "모르
는 소리 말아. 그리 간단하고 쉬운 게 아냐." 하며 한소리
한다.

　순간 고개를 끄덕인다. 우리 인생살이도 그런 것이 아닐
까. 남의 삶은 쉬워 보이고, 같은 일을 내가 하면 더 잘할
것처럼 생각되지만 사실은 다 제 몫의 무게를 갖고 제 몫
의 속도로 살아가는 것이다.

　세월이 흘러 아무리 후하게 쳐준다고 해도 젊다고 할 수
없는 나이에 서고 보니 생각도 많이 변했다. 그전에는 텔
레비전에서 춤바람이나 도박으로 인해 경찰에 의해 굴비
엮이듯 줄줄이 경찰서로 연행되어 가는 주부들을 볼 때마
다 아무도 모르게 가슴을 쓸어내리곤 했다. 젊음과 열정이
사라진 지금, 내 속에 그런 유전인자가 있다고 해도 이제
는 도박으로 인한 패가망신을 할 확률도 줄어들어서 평생
도박에 관한 결벽증을 가졌던 나의 의지도 많이 허물어졌

다.

아직은 내 발로, 내 자동차로 세상을 돌아다니지만 나이 들어 밖을 운신할 기력조차 사그라들었을 때 우리 부부도 할아버지 할머니처럼 마주 앉아서 민화투라도 칠 수 있으면 좋겠다. 흰머리 맞대고 앉아서 홍단이니, 청단이니 티격태격거리며 세월 가는 소리를 들을 수 있으면 더 없이 좋겠다.

내가 여기까지 생각을 느슨하게 풀리고 있었더니 그 사이를 틈타서 보석팡이니, 캔디팡을 하자는 초대 메시지가 끊임없이 날아든다. ✻

봄의 전령

내가 느끼는 봄의 전령은 단연 노란색이다. 진달래의 꽃
분홍이나 수양버드나무의 연초록도 앞을 다투며 봄을 전
하지만 내 마음을 흔들지는 못한다. 공중을 떠돌던 따뜻한
바람 한 자락이 한껏 물이 오른 나뭇가지에 내려앉으면 오
래 기다렸던 꿈을 터트리는 듯 일시에 피어나는 산수유는
제일 먼저 봄을 연다. 또한 성미 급한 부리 하나가 세상의
한쪽 귀퉁이를 쪼면 기다렸다는 듯이 일시에 수천수만 개
의 부리로 피어나는 개나리도 봄을 전하기에 주저하지 않
는다.

그러나 7번 국도를 끼고 있는 우리 동네엔 산수유, 개나
리가 피기도 전에 다른 노란 전령이 먼저 온다. 도로변 가
에서 팔고 있는 참외가 제일 먼저 봄을 알린다. 참외가 등
장하면 나는 훌쩍 삼십 년 전으로 나들이를 간다.

지금은 특별히 즐기는 과일이 없지만 학창 시절에 나는
참외를 좋아했다. 친구네 집에 가면 친구 어머니는 우리를
시장에 데리고 가시곤 했다. 장을 보아야 할 돈을 쪼개어
우리에게 참외를 사주셨다. 가빠 위에 쌓아놓고 팔고 있

는, 어린아이 주먹만 한 참외를 그 자리에서 대여섯 개를 깎아먹었다.

얼마 전, 중학교 동창인 그 친구를 아주 오랜만에 만났다. 친구가 물었다.

"너, 요즘도 참외 좋아하니?"

나도 잊고 있었던 것을 친구는 기억하고 있었다. 오랜 친구는 이래서 좋다. 영화보기를 즐겨도 중국 영화는 안 보고, 커피 마니아라도 캔 커피, 냉커피는 안 마신다는 것도 기억하고 있었다. 그동안 살아온 이야기를 나누며 우리는 저녁 어스름이 내려오는 무렵, 갤러리에 전시된 그림을 감상하고 스파게티를 먹었다.

소곤소곤 끊임없이 이야기를 나누는 우리를 보고 옆 자리의 사람이 아주 친한 사이 같다며 얼마나 자주 만나느냐고 물었다. 십여 년 만에 만났다고 했더니 의아해 했다. 원래 자주 만나야 할 이야기도 많은 법이다. 그런데 우리는 어제 만나고 오늘 다시 만난 사이처럼 서먹하지도 않고 이야기도 끊어지지 않았다. 아마 오랜 시간동안 추억의 한

자락을 공유해온 탓이리라.

인생의 강물은 그냥 고요히 흐르는 게 아닌가 보다. 친구는 결혼한 지 몇 년 되지 않아서 남편과 사별했다. 오랫동안 딸을 키우며 혼자 지내다가 얼마 전 재혼을 했다. 국문학을 전공했기에 작가가 되려니 했는데 뜻밖에 화가가 되어 있었다. 나도 내가 꿈꾸었던 것과는 다른 길을 걷고 있다. 우리 어머니도, 친구의 어머니도 이미 세상을 떠났고 그 자리에 우리가 있다. 그 시절의 어머니보다 훨씬 나이를 먹었다.

저녁을 먹고 다시 언제 만나자는 말도 없이 헤어졌다. 세월이 흘러 한 조각 추억이 눈물나게 그리운 날이면 누가 먼저랄 것도 없이 전화를 할 것이다. 어느 길 가의 모퉁이에서 어제 헤어진 친구처럼 다시 만나면 될 일이다.

봄의 색깔을 생각하다가 추억의 한 조각을 들춰보았다. 삶은 이렇듯 수많은 조각들로 이루어진 조각보가 아닐는지. ✼

공깃돌

내 책상 위에는 조그마한 돌들이 놓여 있다. 공깃돌이다. 자주 만져서 반질반질 윤이 난다. 책상 앞에 앉으면 습관처럼 그 돌들을 쥐어 본다. 그저 작은 돌멩이에 불과하지만 나에게 깨달음을 가져다 준 소중한 것이다.

몇 해 전, 내적치유 프로그램에 참여한 적이 있었다. 그즈음 몸과 마음이 몹시 지쳐 있었다. 거취문제가 불거졌다. 일하는 곳을 옮겨야 할지 그냥 눌러앉아 있어야 할지 결정을 내려야 했다. 자주 부딪치는 문제 때문에 그냥 있기도 불편하고 그렇다고 새로운 일자리를 얻기도 만만치가 않았다. 갈등을 하고 있는 사이 내 안에 있는 기운은 손가락 사이로 다 빠져나가버린 듯했다. 마치 허깨비가 둥둥 걸어 다니는 것 같았다. 조바심이 났다. 겨우 한 움큼 남아 있는 내 몸의 생기가 더 이상 빠져나가지 않도록 단도리를 해야 했다.

나는 사람을 만나는 일을 하고 있다. 그들은 이런저런 문제들을 가지고 내게 온다. 좋은 일보다는 근심거리들을 한 보따리씩 안고 온다. 그래서 늘어놓는 말도 원망이나 불평이나 변명이 많이 섞인 말들이다. 그 말들을 들어주고 상한 마음을 만져주어야 한다. 문제를 해결할 수 있도록 마음을 회복시켜 보내는 것이 내가 해야 하는 일이다.

이런 일을 반복하다 보면 나 자신도 모르게 그만 우울의 바다에 빠질 때가 잦다. 그렇게 되지 않기 위해서는 자주 나 자신을 점검하고 단속해야 한다. 부정적인 감정이나 생각들이 자리잡지 못하도록 볕 바른 날이면 마음을 높이 올려두고 거풍을 시킨다. 잘 마른 보송보송한 마음으로 상대의 말을 들어주어야 문제 해결이 무난하게 이루어진다.

그러나 안타깝게도 내 마음을 매만질 수 있는 시간은 그리 많지 않다. 일에만 집중하다 보면 나도 모르는 사이 마음은 온갖 잡다한 것에 물들어 눅눅해지고 만다. 의욕이 떨어져서 자꾸만 눕고 싶거나 혼자 멀리 떠나고 싶어 견딜 수가 없어진다. 사람들의 얼굴을 대하기가 싫을 때면 내 인내력에 한계가 온 것이다. 어디 말이 없는 세상이 없을까 하는 생각에 갇히게 된다.

그러던 차에 한 가지 주제를 가지고 묵상하는 프로그램

이 있다는 것을 알게 되었다. 뒤도 돌아보지 않고 신청을 했다. 유배를 가듯 자동차로 네댓 시간을 달려갔다. 될 수 있는 대로 집과 일터에서 멀리 떨어지고 싶었다. 낯선 곳에 대한 두려움이 있었지만 그래도 한 가지 마음에 드는 것은 아무하고도 말을 하지 않아도 된다는 것이었다.

다른 분들은 두 명이 한 방을 썼는데 나는 다행히 혼자 쓸 수 있게 되었다. 오전에 두 시간 강의를 듣고 오후에 이십 분간 상담을 하는 것이 프로그램의 전부였다. 나머지 시간은 산책을 하거나 들은 강의에 대한 묵상을 하거나 쉬면 되었다. 옆 사람에게 아는 척도, 인사도 할 필요도 없었다. 그것이 그곳의 규칙이었다. 사람을 보고 아무 말도 하지 않는 것이 서먹하고 이상했지만 차차 익숙해졌다.

식사는 주최 측에서 준비해 주었지만 설거지는 우리들이 해야 했다. 벽에 붙어 있는 당번 표를 보고 자기 차례가 되면 하면 되었다. 말을 하지 않아도 모든 것이 일사분란하게 진행되었다.

이삼 일은 살 것 같았다. 그렇게 편할 수가 없었다. 무엇보다도 어쩔 수 없이 해야 하는 많은 말들에서 놓여날 수 있었고, 식사 준비의 부담도 없고, 잠 오면 자고, 산책하고, 묵상하고……. 꿈같은 시간이었다.

나는 늘 시간에 쫓겨서 동동거리며 살았다. 그렇게 바쁘게 산 것은 말을 너무 많이 하기 때문이라는 생각이 들었다. 깊이 생각하지도 않고 뱉어버린 수 없는 말을 책임지느라 동분서주한 삶이었다. 그동안 말의 홍수 속에서 살았구나, 하는 생각이 들었다.

나흘 째 되던 날부터 슬슬 무료해지기 시작했다. 묵상을 하면 주제에 집중하지 못하고 자꾸만 다른 생각이 떠올랐다. 아무 것도 하지 않을 작정을 했으면서도 혹시나 싶어서 얇은 산문집 한 권을 가지고 갔었다. 규칙에 어긋나는 일이었지만 방에서 책을 읽었다. 그래도 남아도는 시간을 주체할 수가 없었다.

창으로 숙소 뒤쪽을 내다보니 자갈들이 깔려 있는 정원이 있었다. 나가서 작은 돌 다섯 개를 주워왔다. 혼자서 공기놀이를 했다. 돌 하나에 일 점으로 백 점을 먼저 나면 이기는 것이었다. 초등학교 시절 나는 공기놀이를 잘 했다. 누구보다도 먼저 점수를 냈다.

혼자서 일인이역을 하며 주거니 받거니 했다. 나도 모르게 "어머, 오래 쉬었더니 잘 안되네.", "네 차례야. 어서 해.", "애, 좀 더 높이 올려야지 그게 뭐니?", "아까 점수가 삼십육 점 아니었니?" 하며 중얼거리고 있었다.

그러다가 공깃돌을 밀쳐놓고 하염없이 울었다. 내가 도망하듯 피하여 온 것은 바로 내 삶을 지탱해 주는 것들이었다. 가족을 위해 끼니를 준비하는 것, 할 수 있는 일이 있는 것, 사람들 속에서 부대끼며 사는 것, 무엇보다도 말을 할 수 있는 것은 무겁게 지고 있어야 하는 짐이 아니라 인생의 강을 건너게 하는 작은 징검다리였다.

새 마음으로 집에 돌아왔지만 살다보면 다시 같은 문제로 고민하고 마음을 끓일 때가 잦다. 그럴 때면 책상 위에 놓여 있는 작은 돌멩이 다섯 개를 가만히 잡아본다. 그것은 어쩌면 돌멩이가 아니라 부글거리며 떠오르는 내 마음을 가라앉히는 닻이다. ✦

2부 갑옷을 입어야 하는 이유

인생시계

인터넷 주문으로 책을 샀더니 인생시계가 선물로 함께 왔다. 사람의 일생을 팔십 년으로 가정하여 스물네 시간으로 나눈 것이었다. 스프링으로 마무리한 수첩모양인데 일 년에 한 장씩 넘기게 되어 있다.

내 인생시계는 몇 시일까? 여러 장을 넘기고서야 지금 내 시간에 설 수 있었다. 남아 있는 것보다 넘긴 장 수가 훨씬 많다. 어린아이였을 때, 아버지가 특별한 날에만 사 주시던 양과자를 조금씩 아껴 먹었던 것처럼 이제 남은 시 간을 아껴써야 할 세월 위에 서게 되었다.

차 한 잔을 들고 창가 소파에 등을 기대고 앉는다. 숨 가 쁘게 달음질 하듯 걷던 시간의 길에서 내려온다. 내려와서 오래 전에 장이 넘어가버린 시간으로 거슬러 간다. 갑자기 가슴이 서늘해진다. 이미 살아버린 날들에 대한 안타까움 과 슬픔, 회한 같은 감정이 한꺼번에 몰려온다.

시간의 앞부분은 유년 시절이다. 인생의 새벽이고 봄이 다. 한 알의 씨앗이 세상에 심겨져 바야흐로 뿌리를 내리 는 시간이다. 그 씨앗은 미지의 세계이다. 또한 스스로 품고 있는 가능성으로 성장하리라는 확실한 세계이기도 하다.

바로 앞에 놓인 시간들을 살아내느라 흘러간 날들을 돌아볼 겨를이 없었다. 행여 놓칠세라 단단히 잡고 있던 시간의 줄을 놓자 마음은 기다렸다는 듯이 한걸음에 그 시절로 달려간다. 넓은 마당 한쪽에 우물이 있고 옆에는 가지가 휘어질 듯 감을 매달고 있는 감나무가 있던 집. 그 집으로 가면 북적이는 대가족이 보인다. 삼십대의 젊고 순수한 아버지와 어머니의 모습에 눈이 부시다. 어찌된 일인지 나이가 들수록 오래된 기억이 더 선명하다. 바로 엊그제 일인 양 손에 잡힐 듯하다. 어린 계집아이는 그 유년의 뜰에서서 아른거리는 봄의 숨결에 몸을 맡긴다. 나의 시간은 그렇게 열려서 느릿느릿 흘러갔다.

여명이 지나자 아침이 왔다. 비로소 세상의 움직임이 조금씩 보였다. 뿌리를 땅 속으로 내린 나무는 가지를 뻗으며 왕성하게 자라났다. 대가족의 삶은 이미 기억 저편으로 사라졌다. 나풀거리던 단발머리는 긴 생머리였다가 다시 파마머리로 바뀌었다.

인생시계는 다시 몇 장이 더 넘어갔다. 나는 이미 여름에 당도했고 한낮의 햇살이 머리 위로 쏟아졌다. 사랑은 모험일까? 오래 사귀었던 남자는 반듯하긴 했지만 건강이 좋지 못하였다. 그것이 어둠이 되리라는 예감이 들었다. 어느 날, 헤어지면서 편지를 내밀었다. 집에 와서 펴 보니 내용은 단 두 줄 뿐. '졸업을 할 때까지 기다려 줘. 등나무 아래에서 책을 읽으며 살 수 있도록 해줄게.' 살아서 졸업이나 할 수 있을까 싶었지만 젊음을 믿고 모험을 했다. 해가 뜨면 어둠은 사라지기 마련이다. 시간은 충분했다. 부모님이 떠난 자리에 내 몸을 통해 두 생명이 내게로 왔다. 그러는 동안 남편은 한 번 힘차게 뛰어보지도 못하고 청춘을 보냈다.

가을로 들어서자 태양은 정점에서 이울기 시작했지만 후회는 없었다. 인생시계는 제법 빠른 속도로 넘어가는 듯 느껴졌다. 남편은 기왕의 삶을 접고 다른 삶을 살고 싶어 했다. 인생은 모험일까? 사람들은 좋은 직업을 그만 두고 왜 그렇게 어려운 길을 가느냐고 물었다. 나 역시도 끝이 보이는 안정된 길을 버리고 낯선 길을 선택한 것에 대한 두려움은 있었다. 그런 마음을 애써 눌렀다. 사람은 누구나 사명을 품고 이 세상으로 온다. 사람마다 마땅히 해야 할 몫의 삶이 있다. 남편도 지금 그 사명을 다하고 있을 터이다.

태양은 어느새 어깨 위에 얹혀 있다. 이제 바람도, 햇빛도 한결 부드러워졌다. 내 인생시계는 오후 네 시를 지나고 있다. 무모하게 날을 세우지도 않고, 너무 앞서지도 않고, 체념하여 지레 문을 닫아걸지도 않는 시간이다. 나는 이 시간이 좋다. 청명한 오전에는 많은 것을 계획하고 꿈을 꿀 수가 있다. 한낮의 정열은 그 청사진을 가슴에 품고 마음껏 뛸 수 있게 한다. 대부분의 사람들은 오후가 되면 지금까지 해온 일을 서서히 마무리 한다. 그러나 몇몇 사람들은 새로운 일을 시작하기도 한다. 나도 그 중의 한 사람이다.

중년의 다리를 건너면서 지난 몇 해 동안 많은 어려움을 겪었다. 신체적인 변화야 자연의 섭리니 어쩔 수 없다 하더라도 가까운 친구를 몹쓸 병으로 먼저 떠나보냈고, 새 일을 시작한 남편이 다른 토양에서 뿌리를 내리느라 심한 몸살을 하는 것을 지켜보아야 했다. 넉넉하지 않은 봉급으로 생활하느라 서울의 사립대학을 다니던 아들의 학비와 생활비 마련에 몇 년간 속을 태웠다. 그 모든 것을 이겨냈다고 생각할 즈음 복병처럼 숨어 있던 의욕상실에 덜미를 잡혔다. 매사가 시들하고 눕고만 싶었다. 몸은 끝도 없이 밑으로 추락하고 있었다. 내 인생의 시계는 여기에서 그만 멈추고 마는가 싶어서 절망했다.

그러던 어느 날, 오랜 친구를 만났다. 이런저런 대화를 하는 중에 친구가 이런 말을 했다. 세상에는 봄에 피는 꽃도 있고 여름에 피는 꽃도 있다. 자연만물이 풍성한 가을에 일제히 피는 꽃도 있고 겨울 북풍한설을 뚫고 한두 송이 홀로 피는 꽃도 있는 것이라고.

이 말을 듣는 순간 가슴에 환한 불이 켜졌다. 그렇다. 출발에 늦은 시간이란 없다. 이 단순한 명제를 붙들고 나는 용기를 냈다. 마음을 일으켰다. 청춘과 열정은 가고 없지만 지혜와 연륜은 그동안 내가 일궈온 재산이 아니던가. 그리고 무엇보다도 내게는 등불을 켜서 걸어 둘 나무가 있지 않은가.

긴 인생을 걷다 보면 좋은 일만 만날 수 있는 것도 아니고 나쁜 일이라고 뿌리칠 수 있는 것도 아니라는 사실을 이제야 깨닫는다. 미숙한 몸짓으로 설익는 시간 속을 살 때는 많은 날들을 허리를 꺾고 자주 안개 속을 헤맸다.

과실수는 열매를 거두고 나면 가지치기를 해서 불필요한 잔가지들을 잘라낸다. 그래야만 튼튼하게 자라서 다음 해에 더 많은 열매를 맺는다. 나의 삶도 나무와 다를 바 없다. 두 아이를 낳아 길러 세상에 내보냈으니 이제 잔가지들을 정리해야 마땅했다. 생명의 봄을 위해 몸피를 줄이는 나무처럼 밖으로 향한 분주한 삶을 차례로 거둬들였다. 그러자 오롯이 내 앞에 주어지는 얼마간의 시간이 있었다. 아무도 모르게 갈무리 해두었던 마음속의 보자기를 풀자 수많은 조각들이 머뭇거리며 얼굴을 내밀었다. 그것은 빛바랜 사진처럼 남루하였지만 풍상을 견뎌온 삶의 흔적들이었다. 나는 서툰 솜씨지만 남은 시간 동안 띄엄띄엄 그것을 맞춰나갈 생각이다.

내 인생시계는 이 순간에도 쉼 없이 돌아가고 있다. 절반 이상을 살아버린 인생은 좀 더 빠른 속도로 세월을 건너는 것 같다. 하루 동안 수많은 일들이 파도처럼 내 무릎 앞으로 다가왔다가 어깨 너머로 사라진다. 살아가는 것은 한정된 시간을 쓰는 것이다. 하루는 누구에게나 공평하게 주어진다. 네 시가 지나면 다섯 시가 온다.

나는 지금 완숙의 가을을 걷고 있다. 뒤에는 봉인된 겨울이 기다리고 있다. 내가 모르는 시간이다. 그러나 내가 살아가야 하는 시간이기도 하다. 그 남은 시간들을 나는 어떻게 써야 할까? 때로 폭풍우 때문에 몸을 낮추기도 하고, 때로 향기로운 바람과 눈부신 햇살 속에 서기도 할 것이다.

고통은 무릎을 꿇게 만들지만 더 큰 힘으로 두 발로 우뚝

서게도 한다. 그러니 환희의 순간이나, 고통의 시간도 주어지는 대로 충실하게 보낼 일이다. 어느 시인은 '내게 오는 건 다 축복이었다'*고 고백했다. 그 고백은 오후 시간을 살아가는 나에게도 유효하다.

선물로 따라온 작은 인생시계 덕분에 이미 살아버린 시간 속으로 여행을 다녀왔다. 오늘 하루를 사는 것이 바로 일생을 사는 것이다. 시간 여행을 통해 얻은 값진 잠언이다. 그러므로 지금이 바로 내 생애의 황금시간이다. ✻

*도종환 시 「축복」에서 인용

어느 하루

오늘처럼 이렇게 바람이 불고 비가 오는 날이면 내 인생의 나날들 중에 어느 한 장면이 떠오른다. 내 마음을 그윽하고 안온하게 했던 풍경이다. 그때로부터 십 년이란 세월을 더 걸어왔다.

태풍의 간접 영향권에 들었다는 뉴스가 있었다. 바람이 거세지는데도 집을 나섰다. 병풍처럼 들을 감싸고 있는 산과 산, 산허리를 휘감고 있는 비구름, 그 산들을 끼고 흐르는 강, 가끔씩 모습을 드러내는 기차. 내가 살고 있는 마을의 모습이다. 읍까지는 좋아하는 노래를 두 번 정도 들으면 갈 수 있는 거리이다.

우체국에 잠깐 들러서 멀리 떨어져 있는 딸아이에게 편지를 부쳤다. 전화와 문자, 이메일이 넘치는 세상에 편지라니. 그러나 나는 우체국에 가기를 즐긴다. 어느 시인의 싯구를 떠올리면서 우체국 창문을 기웃거리기도 하고, 가슴 뛰는 사랑의 감정들을 상상해 보기도 한다. 남편은 이런 나를 보고 현실감이 없다고 혀를 차기도 하지만 나는 이런 나의 모습을 사랑한다. 일상에서는 근검절약하며 살아가지만 감정의 사치야 정신을 더욱 풍요롭게 한다는 것을 나이가 들면서 깨달았다. 책을 읽다가도 아름다운 문장을 발견하면 가슴에 보석을 품은 듯 하루 종일 흥얼거린다.

반찬거리 장을 보고, 아들을 태우고 집에 가려고 중학교 운동장 한쪽 귀퉁이에 차를 댔다. 다른 도시에서 고등학교에 다니는 아들은 방학이라 잠시 집에 와 있다. 아침이면 읍내 도서관에 나와서 공부를 하고 중학교 때의 친구들도 만나곤 한다.

차창 밖으로 보이는 나무가 거의 허리를 꺾을 정도로 출렁거리고 있다. 자동차 안에 앉아 아들을 기다리면서 시인이 쓴 영화에세이를 읽는다. '영화' 하면 돌아가신 친정아버지가 떠오른다. 초등학교도 들어가기 전부터 나는 아버지를 숱하게 따라 다녔다. 아버지를 닮아서 나도 영화 보기를 좋아한다. '흘러간 명화'라고 이름 붙여진, 내가 태어나기도 전에 만들어진 영화를 보면서 나는 타임머신을 타고 그 시절로 간다. 세월이 흘러도 변함이 없는, 사람들의 살아가는 방법과 사랑과 욕망을 본다. 그리고 지금의 내 삶을 본다.

나를 데리고 극장에 가시던 아버지보다 훨씬 더 나이를 먹었다. 요즘 들어 부쩍 뒤를 돌아볼 때가 잦다. 한 뼘 틈

만 나면 어김없이 시간을 거슬러 올라가는 길 위에 서곤
한다.

　내 어머니는 어려운 시절을 살아오시느라 자식에 대한
살뜰한 애정 표현 한번 제대로 하신 적이 없었다. 그런데
도 우리 형제들은 애정에 목마르지 않았다. 가난한 집 육
남매의 맏며느리로 시집을 오셔서 한평생을 성실과 인내
로 사셨다. 그 곧은 삶의 자세가 우리를 반듯하게 키우신
힘일 것이다. 내 어머니는 아무리 퍼내어도 마르지 않는
깊은 우물 같았다. 우리 아이들에게 나도 그런 우물일 수
있을까.

　너무 많은 고생을 하신 탓인지 어머니는 좀 더 사셔도 좋
을 예순의 연세에 세상을 떠나셨다. 자랄 때는 그 끝없는
희생과 맹목적인 헌신에 강한 거부감을 가진 적도 있었다.
어느 날 문득 돌아보니 내가 바로 어머니의 모습으로 살고
있었다.

　가끔 얼굴을 들고 차 유리창을 사정없이 때리며 내리는
비를 바라본다. 폭우에 잠겨버린 운동장 위로 회색 하늘이
아주 낮게 드리워져 있다. 이상하리 만치 편안한 느낌이
든다. 여러 갈래로 얽혀 있던 줄들이 하나 둘 끊어지면서
마음이 낮게 가라앉는 것을 느낀다. 고요하게 다가오는 이
평화. 잠시 그 감정에 몸과 마음을 맡긴다. 눈을 감는다.

어느 한 순간인들 마음을 바닥까지 내려놓고 쉰 적이 있었던가. 나의 신경은 늘 팽팽하게 당겨져 있어서 슬쩍 건드리기만 해도 끊어질 것만 같았다. 내 마음은 물기 하나 머금지 않은 마른 장작 같았다. 그러나 이제는 길가의 이름 모를 들꽃에게도, 무심하게 흐르는 시냇물에게도, 이른 새벽이면 낮게 내려와 있는 밤하늘의 별들에게도, 옷깃을 스치는 한 줄기 바람에게도 마음을 열고 싶다.

그 전에는 부대끼며 사느라고 그런 것들은 감정의 사치인 줄 알았다. 그러나 삶의 여백이나 내면의 평화는 미래의 것이 아니라 현재의 것이 아닌가. 비로소 그것이 오늘을 사는 힘이 아닐까 하는 자각이 든다. 이런 깨달음은 곧 더 큰 세상으로 나아갈 내 아이들에게 물려주어야 할 소중한 유산이 되리라.

지나간 많은 날들 중에 특별할 것도 없는 어느 한 날이 기억 속에 오래도록 남아 있는 경우가 있다. 바로 오늘 같은 날이다. 어제도 오늘과 다를 바 없었고 내일도 오늘과 비슷할 것인데 그 지나온 세월들을 한꺼번에 펼쳐놓고 보니 참으로 많은 일들이 내 곁을 스치고 지나갔구나, 하는 생각이 든다. 문득 허리를 펴서 백미러에 얼굴을 한 번 비춰본다. 중년의 어머니의 모습이 거울 속에 있다.

나에게 주어진 시간의 끝자락에 설 때쯤이면 세월의 풍

화작용으로 기쁨이나 슬픔의 감정은 모두 소멸되어버리고, '아, 그런 날이 있었지!' 하며 마음에 가득 찬 평화를 느끼게 해준, 폭우에 잠긴 운동장만을 회상하게 될 터이다.

내가 그러했던 것처럼 아이들은 자라 어느덧 내 품을 떠나고, 우리 부부만 남아서 느리고 고요하게, 이 세상에서 가족으로 엮여 살아온 세월을 이야기할 것이다. 일생의 굽이굽이에서 느꼈던 감격이나 환희, 가슴 에이는 슬픔이나 연민조차도 이 땅에서 가족으로 살면서 얻을 수 있었던 축복이리라.

뜨거운 한 잔의 차에도 온전한 위안과 감사를 느낄 때쯤이면 이마의 주름살을 세는 대신 마음의 주름살을 세는 일은 없을 것인가. ✈

도시락

나이 오십을 훌쩍 넘기고 보니 이런저런 모임이 잦다. 특별히 즐기는 취미가 있는 것도 아니고 그럴 만한 여력도 없다. 그런데도 인사치레로 얼굴을 내밀어야 할 경우와 마음 맞는 이들이 모여서 꾸려 가는 친목회가 여럿 있다.

외식문화가 발달한 탓일까. 요즘은 집으로 손님을 초대해서 접대하는 경우가 드물다. 초대를 하는 쪽이나 받는 쪽 모두가 그게 더 편하고 부담스럽지 않은 모양이다. 그만큼 사회가 더 바쁘고 분주해졌다는 반향일 테고, 친밀함을 가장하고 있지만 사실은 자기의 선을 분명하게 긋고 있는 것 같아서 나로서는 늘 아쉬운 마음이 들었다.

얼마 전, 내가 모임을 주선할 차례가 되었다. 부부 동반이라 빠지지 않고 다 모인다면 스무 명이다. 집에서 치르기에는 부담스러운 건 사실이었다. 주방도 여의치 않고 무엇보다도 그만한 그릇이 없었다. 남편은 그냥 밖에서 해결하자고 했지만 나이가 들면서 사먹는 음식에 거부감이 들었다. 주방이 좁고 그릇이 부족하기는 하지만 나는 집에서 모임을 갖기로 마음을 먹었다. 내 형편으로 할 수 있는 방법을 생각해 볼 작정이다. 궁하면 통한다고 하지 않았던가.

  며칠을 이런저런 생각들을 했다. 길을 가면서도, 차를 마시면서도, 끼니를 준비하면서도 궁리를 했다. 나는 그런 시간들을 즐기는 편이다. 무엇을 할까, 어떻게 할까 생각하는 그런 과정들이 내게는 기쁨이다.

  집에서 식사를 하기로 하고 나서 제일 먼저 한 일은 시장에 가서 학창 시절에 갖고 다녔던 알루미늄 도시락을 사는 일이었다. 사람 수대로 스무 개를 샀다. 그리고 포목점으로 가서 예쁜 꽃무늬가 있는 천을 끊었다. 보자기를 만들 요량이었다. 도시락을 쌀 수 있는 크기로 잘라서 올이 풀리지 않도록 가장자리를 색실로 감침질을 하였다. 오랜만에 하는 바느질이었다. 요즈음은 기껏해야 떨어진 단추를 달거나 바지나 치마의 밑단을 손보는 것이 고작이었다. 스무 개의 보자기를 만드느라 이틀 밤 동안 공을 들였다.

  오래 전, 많은 식구들의 해어진 양말을 깁느라 밤늦도록 바느질을 하시는 어머니 곁에 앉아 라디오 연속극을 듣던

생각이 났다. 수도 없이 서성거려서 훤히 알고 있는 길을 밟아 어머니를 만나고 온 것은 뜻하지 않았던 덤이었다.

　모임은 간단한 다과를 들면서 미리 내어준 과제를 발표하고 토론 하는 시간으로 진행된다. 그 다음이 식사시간이다. 다른 사람들의 경우에는 토론이 끝나면 식사를 위해 예약해 둔 식당으로 자리를 옮긴다.

　모임 날 아침, 일찍 눈이 떠졌다. 남편과 둘이서만 산 지가 여러 해가 되다 보니 많은 사람의 밥을 해야 하는 것이 부담스러웠나보다. 미리 삶아둔 보리쌀을 넉넉히 안치고 평소에 안 쓰던 큰 솥까지 내어 두 솥 가득 보리밥을 했다. 몇 가지 반찬을 장만하여 스무 개의 도시락을 만들어 꽃무늬 보자기에 쌌다. 커다란 대나무 바구니에 담아 두었다.

　내가 준비한 도시락은, 세월의 저편에 가려져 있던 유년의 시절로 돌아가면 만날 수 있는 어머니가 싸 주시던 바로 그 도시락이었다. 아무런 맛도 없이 그저 짜기만 하던 김치에 멸치 몇 마리, 고추장 조금. 밥은 또 어떠했던가. 쌀을 찾아보기 힘들 정도의 시커먼 보리밥이었지만 그 밥을 먹으면서도 우리는 무척 행복했다.

나는 그렇게 험한 도시락을 싸가지고 다니지는 않았다. 그래도 계란은 늘 먹을 수 있는 것이 아니어서 가끔 어머니가 도시락에 계란프라이라도 얹어주시는 날에는 점심시간까지 좀이 쑤실 지경이었다. 어떤 날은 쉬는 시간마다 계란프라이의 가장자리를 조금씩 떼어 먹기도 했다.

토론을 마치고 식사 시간이 되었다. 분주한 식사 준비 대신 도시락을 하나씩 나눠드렸더니 처음에는 모두 '이게 뭐야?' 하는 얼굴이었다. 그러면서도 호기심 가득한 표정으로 보자기를 풀었다.

감자채 볶음, 어묵 조림, 멸치 볶음, 풋고추 찜, 도시락밥 한가운데 얌전하게 올라앉은 계란프라이를 보자 친구들은 탄성을 질렀다. 우리는 그 옛날 학창 시절로 돌아간 듯 감회에 젖었다. 그래도 접대에 소홀할까 싶어서 불고기 몇 접시를 상 중간에 놓았다. 잘 다듬은 멸치와 고추장도 내놓았다. 물론 다 먹고 난 빈 도시락은 선물로 주었다.

모두들 불고기보다는 맨손으로 멸치에 고추장을 찍어 먹

으며 즐거워했다. 나는 거실과 주방을 오가며 시중을 들면서 마음이 젖어오는 것을 느꼈다. 삼사십 년의 시간들이 파노라마처럼 스쳐 지나갔다. 시간은 흐르면서 쉬는 법이 없어서 어느새 머리 위에 서리가 내려앉기 시작하는 세월 위에 와 있다. 다시 많은 날들이 시간의 창고에 쌓이면 그 자리에서 다시 이 시절을 더듬으며 그리워할 것이다. 점심으로 도시락을 먹는 동안 우리는 세월의 다리를 건너 초등학교 시절로 돌아가 있었다.

오늘 아침, 옛날식 먹거리로 도시락을 준비한 것은 잠시 유년의 뜰을 더듬고 싶은 내 안타까움은 아니었을까. 다시는 돌아갈 수 없는 그 시절에 대한 향수를 달래보고 싶었던 때문일 것이다.

먹을 것이 넘치는 세상에 살면서 수시로 다가오는 이 허기는 어떻게 설명할 수 있을까. 지금 우리는 풍요 속에 살고 있지만 어쩌면 더 큰 빈곤으로 내몰리고 있는 것은 아닐까. 지금 내가 느끼는 공복감의 근원도 그 언저리일 터이다. ✱

새가슴

도서관에서 『이별에도 예의가 필요하다』는 제목의 책을 빌려와서 읽고 있다. 신문에 실린 작가의 글을 즐겨 읽었던 터라 관심이 있었다.

지은이의 세상을 염려하는 따뜻한 시선이 마음에 든다. 그 시선의 아랫자락에는 모성이라는 여성성이 자리 잡고 있는 것이 느껴진다. 글이 사회의 부조리나 문제점, 구조적인 모순, 제도적인 장치의 미비, 인간성의 상실, 인간에 대한 배려나 예의의 부재 등 많은 문제점을 이야기하고 있지만 그래도 따뜻하게 읽히는 것은 그 때문이라는 생각이 든다.

우리 부부는 둘 다 책읽기를 즐긴다. 그런데 취향은 전혀 다르다. 나는 문학, 인문학, 자기계발서를 즐겨 읽는 반면 남편은 철학, 종교, 역사 서적에 관심이 많다. 남편은 내가 도서관에서 책을 빌려오면 무관심한 척하면서 무슨 책을 읽고 있나 알고 싶어서 슬쩍슬쩍 엿보곤 한다. 내 책상 위의 책들을 안 보는 것처럼 하면서 제목들을 일일이 확인하는 것이다.

"이런 책을 왜 봐?"

아무래도 책의 제목이 마음에 걸렸나 보다. 그러면 책장을 들춰서 무슨 내용인가 슬쩍 보아도 될 터이지만 그런 수고는 안하는 사람이다. 나는 남편이 말하는 뜻을 알지만 짐짓 시치미를 뗐다.

"그 책이 왜?"

중년 남자는 중년의 여자가 느끼지 못하는 두려움이 있다고 한다. 그 두려움의 근원은 아마 '젖은 낙엽 증후군'일 것이다. 바다를 건너서 온 용어이다. 일본은 이십 년 이상 동거한 부부의 이혼, 이른바 '황혼 이혼'의 진원지라고 한다. 전후 세대가 은퇴를 하기 시작한 이천 년대에 들어서면서 퇴직 이후의 인생에 대한 별다른 준비 없이 은퇴한 오륙십 대 남편들을 젖은 낙엽이라고 부른다고 한다. 구두나 몸에 붙으면 쉽게 떼어지지 않는 젖은 낙엽처럼 하루 종일 집에 있는 남편을 빗댄 말로, 잘 떨어지지도 않으면서도 쓸모는 없는 존재라는 의미를 담고 있다.

우리나라에서도 황혼 이혼이란 단어는 이제 더 이상 낯설지 않다. 전체 이혼 건 수에서 황혼 이혼이 차지하는 비중도 점점 증가하고 있다고 한다. 남편들의 편에서 보면 무시무시한 이야기이다.

어느 강연에서 남편의 슬픈 이야기를 들은 적이 있었다.

남편은 비행기 조종사였다. 삼십 년을 넘게 하늘에 떠서 일을 하다가 마침내 정년퇴직을 하게 되었다는 것이다. 처음 얼마간은 그렇게 홀가분하고 좋았다고 했다. 경제적으로 여유가 있으니 하고 싶은 일들을 하면서 지내겠다고 생각했다. 그러나 가족들과 도무지 대화가 되지 않는다고 했다.

어느 날 아내의 모임에 가게 되었다. 옆에서 가만히 들으니 아내의 친구는 자신의 집안일이나 아이들 일을 모르는 것이 없어 보였다. 자신은 처음 듣는 일인데 아내의 친구는 그 모든 사실을 다 알고 아내와 이런저런 대화를 하고 있는 것을 보고 절망감을 느꼈다고 했다.

우리나라 중년 남자들의 현주소라면 너무 과장된 것일까. 남편도 이런 대열에서 예외가 아닐 터이다. 그래서 아내의 책상 위에 있는 책의 제목을 보고 잔뜩 긴장했을 것이다. '이 마누라가 나 몰래 이별을 꿈꾸고 있나.' 생각했을지도 모를 일이다.

인생의 긴 길을 걷다 보면 부부가 중간에 헤어져야 하는 절박한 사연들도 많이 있을 것이다. 사람은 누구나 다 개별적인 삶을 산다. 그러므로 내 잣대로 다른 사람들의 삶을 평가할 수는 없는 일이다.

나도 오래 전에 이혼을 생각한 적이 있었다. 남편은 유교적인 집안에서 자랐다. 지금은 많이 나아지기는 했지만 '남존여비', '부부유별', '여필종부' 따위의 풍속을 가문의 영광처럼 지키는 사람이다. 반면에 나는 대대로 딸이 귀한 집안의 외동딸이었다. 내 뜻대로 안 되는 일이 없었다. 그런 남자와 여자가 만났으니 결혼생활 내내 얼마나 자기주장들을 내세우며 살았겠는가. 집안의 반대를 무릅쓰고 내가 우겨서 한 결혼이라 하소연할 데도 없었다. 부모님이 돌아가시면 헤어져야지 했다가 다음에는 아이들이 사춘기라도 지나면, 그 다음에는 대학에라도 들어가면으로 후퇴했다. 부모님은 오래 전에 돌아가셨고, 아이들도 이미 대학을 졸업했다. 지금은 겉으로는 가끔 남편에게 엄포를 놓곤 하지만 그런 생각들은 아예 접고 산다.

내 친구들이 붙여준 남편의 별명은 '미스터 바른생활'이다. 오랜 시간을 티격태격하며 살아온 것도 사실은 그 때문이었다. 원리원칙 아래 규칙과 질서를 지키며 인간에 대한 예의를 가지고 양심적인 소수로 살아가겠다는 것이 남편의 소신이었다. 물론 그렇게 살아야 하겠지만 '하필이면 내 남편이 왜?' 하는 생각을 가졌다. 넉넉하지 않은 살림에다 건강도 좋지 못한 남편의 외골수 삶의 태도가 나에게는 이중삼중의 짐이 되었다. 그렇게 살기 위해서는 크고 작은 손해를 감수해야 하고, 주위의 따가운 시선을 이겨내야 하고, 때로는 외톨이가 될 각오도 해야 한다. 대가족 속에서 원만하게 살던 나는 작은 일탈조차도 그냥 넘어가는 법이 없는 남편과 보조를 맞추기가 힘이 들었다.

우리 부부가 삼십 년의 세월을 건너오는 동안 서로 맞지 않아서 삐걱거리던 톱니바퀴가 깎이고 다듬어져서 요즈음은 별 탈 없이 잘 돌아간다. 아니 그것보다도 '세상에 별 남자 있겠어?' 라는 제법 도를 터득한 경지에 이르러서 웬만한 것은 그냥 넘어가게 되어서인지도 모르겠다.

그러나 지금도 남편은 내가 무어라고 한 마디 할라치면 "한 집에 한 사람씩만 똑똑하자!"고 목소리를 높인다. 세상이 이렇게 말이 많고 어지러운 것은 똑똑한 사람이 없어서가 아니라 똑똑한 사람이 너무 많아서라는 것이다. 오랜 세월이 흐른 지금이니까 이렇게 담담하게 말할 수 있지만 젊은 시절엔 하루가 멀다 하고 눈물바람이었다. 그 숱한 아내의 눈물에 끄떡도 하지 않던 남편이었다. 그런 간 큰 남자가 언제 이렇게 '새가슴'이 되었는지 모르겠다. '당신과 절대 헤어지지 않을 테니 안심하라'는 각서라도 한 장 써주어야 하나 말아야 하나 심각하게 고민하고 있는 중이다. ✤

뽁뽁이를 추억하다

유리로 된 벽시계를 샀더니 뽁뽁이로 여러 겹 싸서 상자에 넣어주었다. 집으로 와서 시계를 꺼내기 위해 뽁뽁이를 풀다보니 잊고 있었던 일이 불현듯 생각이 났다.

남편은 다시 공부를 하기 위해 하던 일을 그만 두었다. 그것도 모자라 아예 가족을 이끌고 서울로 삶의 터전을 옮겼다. 십 년 동안 살면서 정이 든 이웃과 헤어지기가 싫었지만 어쩔 수 없는 일이었다. 새벽이면 가벼운 산행을 하고 저녁 무렵에는 바닷가를 산책하며 유유자적 지냈던 내가 거대한 서울에서 살아내야 하는 것이 두려워 아무도 모르게 눈물을 뿌렸다.

남편은 이삿짐을 내려놓고 학교에 가고, 나는 아이들을 데리고 살림살이를 정리하고 있었다. 낯가림이 심한 나였지만 이제 낯선 곳에 뿌리 내리고 살아야 한다는 생각에 다소 비장해졌던 것 같다. 빨리 이삿짐을 정리하고 동네부터 익혀야겠다는 생각에 몇 시간이고 쉬지 않고 일을 하다가 보니 곁에 있던 아이들이 없었다.

급한 마음에 아래층으로 가보고, 근처 놀이터도 돌아보

고 동네를 몇 바퀴나 돌았다. 이삼십 분 남짓한 동안 수만 가지의 불길한 생각들이 머리를 스쳤다. 아무리 눌러놓아도 울음은 거의 목구멍을 넘어올 지경이 되었다.

혹시 그 사이에 집에 와 있을까 싶어서 계단에서부터 이름을 불러댔다. 거의 울음에 가까운 소리였다. 어미의 울음소리를 느꼈을까? 아까는 아무 소리도 들리지 않았던 작은 방에서 기척이 있는 것 같았다. 문을 열어보니 아직 어린 두 아이가 그릇 박스를 열어젖히고 뽁뽁이를 터트리는데 온 정신이 팔려 있었다.

몇 년 동안 수입도 없이 어떻게 살아가야 할까, 하는 어미의 그 막막함은 아이들에게 문제가 되지 않았다. ✷

신 유목민

요즈음 현대인들을 디지털 유목민이라고 한다. 가축을 기르면서 물과 목초지를 찾아 떠도는 유목민들처럼 휴대 전화기나 노트북을 들고 근거리 무선망이 터지는 곳을 찾아다닌다고 해서 붙여진 말이다.

지하철이나 버스를 타도 옆 사람에게 관심을 두지 않고 이어폰을 낀 채 눈을 감고 있거나 휴대전화기를 들여다보고 있다. 그 전에는 앞에 앉은 사람을 관찰하는 재미가 있었다. 무엇을 하는 사람일까, 어디에 가고 있는 걸까, 읽고 있는 책을 무슨 책일까, 옷 입는 감각이 아주 세련되었네, 저 사람은 지난 밤 과음을 했나봐……. 그러다 보면 내려야 할 정거장에 당도했다.

가끔 얼굴을 보는 내 아이들도 이례적인 인사를 하면 곧 자기들만의 세계로 빠져들고 만다. 작은 화면을 들여다보며 영화를 보거나 이어폰을 꽂고 음악을 듣는다. 어릴 적, 컴퓨터 앞에만 앉아 있지 않도록 부단히 애를 쓰며 키웠다. 감성이 풍부하여 사물을 보는 눈이 그윽하고 깊은, 메마른 사회에 사람의 향기를 풍기는 그런 인격체로 키우고 싶었다.

그런 나의 노력은 간 곳이 없고, 손바닥만 한 기계에 자식을 송두리째 뺏긴 것 같은 낭패감에 젖는다. 나 역시도 요즈음 습관처럼 휴대전화기를 들여다본다. 잠깐 동안의 비는 시간에도 인터넷 검색을 하거나 메시지를 확인하고 내가 올린 글의 댓글을 찾아 읽기도 한다. 그러면서 나를 찾는 신호가 잠시만 침묵을 해도 소외감에 전전긍긍하는 것이다.

점점 온기를 잃어가는 이런 마음을 달랠 것이 필요하다는 생각이 고개를 들었다. 얼마 전부터 꽃무늬가 아름다운 소파를 하나 갖고 싶었다. 그전에는 소파 하나 변변히 놓을 자리가 없어서 그냥 지나쳤는데 이사를 하여 널찍한 거실이 있으니 눌러 놓은 욕구가 머리를 드는 것이었다.

며칠 전, 나들이 길에서 CD 몇 장을 사들고 오면서 다시 소파 타령을 했다. 본격적인 음악 감상과는 거리가 멀고 기껏해야 피아노 소품이나 귀에 익은 아리아, 영화 음악이나 교과서에 나오는 가곡 정도를 들을 만큼의 귀가 열린 수준에 지나지 않는다. 그럼에도 가끔은 온갖 기계나 기기들 속에서 살아가느라 메마른 마음을 거둬들이고, 지친 몸도 꽃무늬 화려한 소파에 내려놓고 싶다. 거기에다 하나 더하여 향기 짙은 커피를 마시며 음악을 즐길 수 있다면 얼마나 좋을까.

물론 소파가 없이도 음악 감상을 하고 커피를 즐길 수 있을 터이지만 소파를 갖고 싶어 하는 마음은 물질에 대한 집요한 소유욕이라기보다 어느덧 중년의 나이에 들어선 내 감정의 사치라고 해 두는 편이 좋겠다.

얼마 전까지 나이를 먹는다는 게 그렇게 억울할 수가 없었다. 세월이 정말 빠르다는 소리를 입에 달고 살았다. 정말 중요한 일들을 하지 못하고 있는 사이에 소중한 시간만 손가락 사이로 놓쳐버리는 것만 같아서 우울했다.

그러나 문득 나이를 먹는다는 건 서러워할 일만은 아님을 깨달았다. 풋풋한 젊음이나 뜨거운 혈기는 없을지라도 과일이 숙성을 하여 더 깊은 맛을 만들어 내듯, 농익은 연륜의 나이테를 가질 수 있으니까 말이다.

이제는 수도 없이 뻗어나간 잔가지들을 손질하여 잘라내고 수식도, 장식도 없는 단순한 삶을 살아가야 할 때가 아닌가 싶다. 꼭 만나고 싶은 사람들만 만나고, 하고 싶은 일들을 한두 가지 하면서 남은 시간을 보낼 수 있다면 축복

일 것 같다. 젊어지기 위해 분주하게 외모를 가꾸기보다
자연스레 늙어서 그 속에 아름다움을 담을 수 있다면 얼마
나 좋으랴.

지금은 내 아이들을 위해서 뿐만 아니라 그동안 맺어온
수많은 인연들에 묶여서 휴대전화기를 가지고 다니지만
등을 기댈 소파에 연연하는 것은 속도와 효율성이 최대의
경쟁력이 되어버린 시대에 살면서 문명의 이기에만 나를
맡기지 않겠다는 내 나름의 안간힘이다.

가끔, 사위가 잠든 고요한 밤에 홀로 깨어 있을 때면 살
아온 삶의 궤적을 더듬는다. 지나온 삶을 생각하면 앞에
남은 삶도 별반 다르지 않을 것이다. 허리를 꺾을 만큼 어
려운 일도 지내놓고 보니 그래 그때는 그랬었지, 하며 담
담하게 바라볼 수가 있다. 세월이 가져다주는 여유와 힘이
다.

인생의 막간처럼 짧은 가을이 뒷모습을 보이기가 무섭게
성미 급한 겨울이 벌써 무대에 오르고 있다. 시도 때도 없
이 나를 불러내는 스위치를 잠시 꺼두어도 좋겠다. 커튼을
길게 드리우고 꽃무늬 아름다운 소파에 등을 기대고 앉아
세월이 흘러가는 소리를 듣고 싶다.

내가 꿈꾸는 유목민 생활이다. ✸

갑옷을 입어야 하는 이유

새벽운동 갔다가 신문을 보는데 사진 한 장이 눈에 확 들어왔다. 십여 자루의 크고 작은 옥수수를 일렬로 가지런히 뉘여 놓고 찍은 사진이었다.

나도 모르게 환호성이 터져 나왔다.

"아, 옥수수 좀 봐! 옥수수 사진을 이렇게도 찍을 수 있구나!"

앞서 신문을 읽은 남편이 말했다.

"옥수수 참 먹음직스럽지?"

요즈음 나는 오랫동안 묵혀두었던 '사진 찍기'에 열심이고 남편은 아무대서나 카메라를 들이대는 나를 곱지 않은 시선으로 바라본다. 나는 경우에 어긋나지 않고 남에게 피해가 가지 않으면 사진 정도는 좀 자유롭게 찍어도 되지 않느냐는 쪽이고, 남편은 다른 사람들 보기에 유난스러워 보인다고 눈치를 주는 쪽이다.

나도 무례한 건 질색인 사람이라 상황이 여의치 않으면 마음을 접는다. 그러면서 아내가 좋아하는 일인데 다른 사람의 시선이 그렇게도 중요한가 싶어서 남편의 반응이 조금은 서운하다. 하지만 살아가면서 서로의 신경을 긁을 필요가 뭐 있겠냐, 싶어서 남편 앞에서는 조심을 한다.

그런데 오늘 아침 남편의 '먹음직스럽지?'라는 말 속에는 시장에 가서 옥수수를 사다가 쪄달라는 뜻이 숨어 있다. 그렇잖아도 못마땅하게 생각하고 있는 사진 얘기로 응수를 했으니 조만간 화살이 날아오리라는 것은 어렵잖게 짐작할 수 있다. 내가 갑옷을 입어야 하는 이유이다.

처음에는 갑옷을 입지 않고 날아오는 화살을 맞다가 피를 흘린 적이 한두 번이 아니었다. 문명의 발달이 도전과 응전에 의해 이루어진다는 토인비의 이론이 우리 부부의 결혼사에도 유효하다. 그래서 언제든지 입을 수 있도록 서로 갑옷을 잘 손질해 두고 있는 것이다.

어느 날, 우리 부부에게 왜 갑옷이 필요한가를 깊이 생각해 본 적이 있었다. 그러다가 내린 결론은 외로움이었다. 양쪽 다 부모님이 일찍 돌아가시고 형제자매들도 멀리 떨어져 사는 탓에 각별하지가 않다. 게다가 두 아이도 집에서 일찍 내보내서 빈 둥지로 살아온 세월이 제법 되었다.

적절하게 분산시켜야 할 관심을 서로에게 집중할 수밖에 없는 환경 때문이었다.

오랜 세월 동안 '남자'와 '여자'가 그래왔던 것처럼 남편은 '먹이 추적자'로 나는 '둥지 수호자'로서의 역할만을 충실히 감당한다면 그리 빈번히 화살을 쏠 일도, 갑옷을 입어야 할 일도 없을 터이다. 그렇지만 지금은 먹이 문제도 어느 정도 해결이 되었고, 둥지도 그런대로 꼴을 갖추고 있어서 애를 써야만 할 필요가 없게 되었다.

아니, 더 큰 원인은 맹목적이던 사랑이 빛이 바래면서 서로를 용납하고 배려하던 마음의 터가 좁아진 탓이라는 생각이 든다. 그래서 애꿎은 화살만 축내고 있는 것은 아닐까. ✷

내 지갑의 주인

아는 분이 상품권을 보내와서 백화점에 갔다. 좋은 남방 하나 사면 꼭 알맞을 금액이었지만 남편에게 필요한 것은 남방보다 겨울 잠바였다. 나는 계산을 맞추느라 머릿속이 바빠졌다. 남방 대신 잠바를 사려면 상품권 만큼의 금액을 보태어야 한다. 이번 겨울은 오륙십 년 만의 추위라니 가능하면 안에 털이 달린 그런 잠바를 사고 싶었다.

남성복 매장은 오 층에 있다. 백화점에 가면서 엘리베이터를 타고 곧장 가리라 마음을 먹었었는데 잠시 방심한 사이 내 다리는 '김유신의 말'이 되어 있었다. 나도 모르게 벽에 붙어 있는 엘리베이터로 가는 대신 사람들이 무리를 지어 있는 가방 매장으로 갔다.

어느 소설 속의 주인공이 구두에 집착하는 것만큼이나 나는 자주 가방에 정신을 뺏긴다. 매장 중앙에 놓여 있는 짙은 코발트빛 가방에 그만 마음이 홀리고 말았다. 내가 좋아하는 큼지막한 스타일이었다. 큰 카메라도, 책도, 수첩도, 물 한 병도 한꺼번에 다 들어갈 사이즈였다.

다음 달에는 아들 생일도 있고, 밤에 듣는 강의료와 자동차 보험료도 내어야 하고, 시누이댁 혼사도 있어서 돈 쓸 일이 줄줄이 기다리고 있다. 그러나 오랫동안 지중해 여행을 꿈만 꾸고 이루지 못한 대신 지중해 물빛 가방이라도 갖고 싶었다.

가방을 어깨에 메어 보는 그 짧은 시간에 내가 그 가방을 가져야 할 이유를 열 가지쯤 떠올렸다. 가방을 산 지 일 년은 지났을 걸, 좀 있으면 결혼기념일이니 선물을 좀 일찍 산 셈 치지, 지난 연말 너무 힘들었으니까 내게 이 정도의 보상은 무리한 게 아니야, 내가 하고 싶은 것을 포기한 게 너무 많아, 몸이 아프니 기분전환을 하면 나아질 거야, 돈에 눈이 있다고 하잖아 그러다가 다른 데 돈 쓸 일이 생길지 몰라, 다음 달에 먹으려던 한약을 그만두고 열심히 운동하지…….

정신을 차리고 보니 카드 결제는 이미 끝나 있었다. 백화점에는 시계가 없다. 고객들이 최대한 시간을 오래 보내게 하기 위한 기업의 자상한 배려이다. 음악도 다소 느리고 고상한 클래식을 틀어준다. 누구나 이곳에서는 고상하고 수준 높은 고객이 되어야 한다. 그런 고객이라면 마땅히 비싼 가방도 들어줘야 격을 갖추는 것이다.

결혼생활 십 년 남짓 지났을 때, 집안이 전소되는 화재가 났다. 집수리를 하고 당장 필요한 살림살이를 마련하였다. 좁은 아파트였지만 단출한 세간으로 집안은 휑하니 넓어 보였다. 사람이 살아가는 데는 그리 많은 것이 필요하지 않구나, 생각을 하며 얼마간은 쾌적하게 지냈다.

그러나 일 년도 채 지나지 않아서 더 편리한 것, 최신 유행하는 것, 언젠가 쓰게 될 것, 시중보다 싼 것이라고 해서 이것저것 사들이다 보니 다시 그전처럼 사람이 물건에 치여 살고 있는 예전의 모습으로 돌아가버리고 말았다.

지금은 물건을 사기 전에 꼭 필요한 것인가 한 번쯤 더 생각해 본다. 몇 년 동안 한 번도 쓰지 않은 물건이나 옷은 필요한 이웃에게 나눠준다. 일 년에 두어 차례 집안을 점검하며 불필요한 물건을 쌓아두지 않으려고 애를 쓴다.

그럼에도 오늘과 같은 경우가 빈번하다. 나름 건전한 소비 생활을 하려고 소비자들의 상상을 초월하는 기업들의 마케팅 전략을 적나라하게 파헤친 책을 읽었다.

기업은 고객 감동이나 소비자 이해라는 그럴 듯한 말로 포장해서 자료를 수집하고, 정보화하고, 체계적으로 관리를 한다. 그 정보를 바탕으로 사람들의 소비 패턴을 연구하고, 쇼핑 정보를 제안한다는 미명하에 광고를 하고, 이웃과의 경쟁을 유도하며 소비 욕구를 부추긴다. 물건의 물리적인 효용보다는 디자인이나 브랜드 이름에 더 집착을 하게 한다. 그래서 같은 용도의 물건이 집에 있음에도 불구하고 디자인이 바뀔 때마다, 다른 브랜드 제품이 나올 때마다 지갑을 열지 않을 수 없게 만든다.

이 시대를 '결핍이 결핍된 시대'라고 한다. 지금까지 살아온 그 어느 때보다 풍요로운 시대를 살아가고 있지만 더 많은 욕망을 추구하기 위하여 시간과 물질을 망설임 없이 쏟아 붓는다.

나는 배가 한껏 부를 때보다 적당한 허기가 느껴질 때 오히려 정신이 맑고 기분이 좋다. 마찬가지로 얼마간의 결핍이 있을 때 삶은 더 단순해지고 순수해지는 것이 아닐까.

그렇다면 더 그럴싸한 것, 더 나은 것, 더 다양한 것에 목을 맬 일도 아니다. 기업에서 부추기는 이미지와 분위기에 무분별하게 매료되어 대책 없이 지갑을 열 일은 더더욱 아니다.

인도에서는 죽어서 가지고 갈 수 있는 것만 재산으로 여긴다고 한다. 물질의 노예가 되지 말고 자유를 누리라는 경구로 들린다.

그럼에도 기어이 거금을 들여서 가방을 샀다. 옷방 벽에 걸려 있는 여남은 개의 가방 옆에 또 하나의 가방을 걸어 두게 되었다. 결국 나는 가방과, 갖고 있던 상품권의 금액만큼 더 보탠 금액으로 남편의 겨울 잠바를 사서 집으로 왔다.

청구서가 날아올 다음 달부터 석 달 동안은 대형마트와 백화점을 독감인 양 멀리하며 지내야 한다. ✤

계란찜

삶은 모자이크라는 생각을 자주 한다. 작은 조각들이 모여서 하나의 모양을 만들고, 그 모양들이 모여서 그림을 완성하는 것이 우리의 일생이 아닐까 싶다. 살면서 작은 조각 하나라도 허투루 여기지 않으려고 애를 쓴다. 조각이 크든 작든, 모양이 반듯하거나 삐뚤거나 다 내 인생에 없어서는 안 될 소중한 것이기 때문이다.

한 남자를 만나서 삼십 년 넘게 살아오다 보니 눈빛만 보아도 서로의 마음을 헤아릴 수 있게 되었다. 그래서 남편에 대해 모르는 것이 없다고 생각했는데 그게 아니었다.

아이들이 어릴 적에는 계란찜을 자주 식탁에 올렸다. 계란 두어 개로 찜을 해서 아이들에게 밥을 비벼주곤 했다.

얼마 전, 반찬거리가 변변치 않아서 별생각 없이 계란찜을 해서 식탁에 올렸더니 남편의 숟가락이 그곳으로만 가는 것이었다. 하도 맛있게 먹기에 "그렇게 맛있어?" 물었더니 오래 전 계란에 얽힌 추억 한 조각을 슬며시 내놓았다.

남편은 시골에서 초등학교를 마치고 중학교부터는 도시

에 나와서 자취를 했다. 부모님이 양계장을 하는 친구와 둘이서 방을 얻어 생활을 했는데 토요일이면 친구 어머니가 밑반찬이나 옷가지가 든 보퉁이를 들고 오셨다. 남편이 있을 때는 이런저런 다른 일을 하면서 보자기를 풀지 않으셨다. 보자기 안에 삶은 계란이 있다는 것을 남편은 나중에야 알았다. 당시만 해도 먹고 사는 것이 어려울 때라 자기 자식에게 하나라도 더 먹이려고 그랬던 것이다. 친구 어머니가 오면 남편은 무슨 볼일이 있는 것처럼 밖으로 나와 잠시 골목을 서성거리다가 집으로 들어갔다. 지금까지 지워지지 않는 것은 민망해 하는 친구의 얼굴이라고 했다.

그렇게 자라서인지 남편은 같은 연배의 다른 사람들에 비해 음식에 대한 생각이 각별하다. 음식에 대한 외경심이라고 할까, 식은 밥 한 숟가락도 귀하게 여기는 사람이다. 웬만해서 버리는 음식이 없는 것은 물론 과식도 하지 않는다. 음식을 대하는 남편의 그런 자세를 보면 모자람이 없이 넘치고 풍성한 것이 꼭 좋은 것은 아니라는 생각이 들기도 한다.

계란에 대한 아쉬운 추억이 있었는데 결혼을 하고 보니 계란찜이 가끔 식탁에 올라왔으니 얼마나 좋았겠는가. 그런데 남편은 내 기억에 없는 말을 했다. 반가운 마음에 계란찜 한 숟가락을 뜨면 "왜 자꾸 얘들 반찬을 먹어?, 자긴 다른 것 좀 먹어." 핀잔을 주면서 계란찜의 위치를 아이들 앞으로 옮겨놓았다고 했다. 내가 정말 그랬다고 해도 남편이 먹는 것이 아까워서 그러지는 않았을 것이다. 아무런 고명도 얹지 않은 거라 맛이 좀 밍밍하니까 무슨 어른의 반찬이 되랴, 싶었을 터이다.

그 후로 가끔 계란찜을 식탁에 올린다. 아이들을 먹일 때와는 달리 파나 고추를 썰어 고명을 올린 계란찜이다.

오랜 세월을 함께 해서 이미 풀어버린 수학문제처럼 서로에 대해 열정도 사그라지고 긴장감도 없이 지내왔다. 그러나 계란찜을 만들 때마다 아직도 내가 모르는 모자이크 조각은 얼마나 더 있을까, 하는 궁금증을 가지게 되었다.

계란찜 조각을 모자이크 밑그림에 맞춰 넣었다. ✱

나에게 신호를 보내는 것들

종종 이럴 때가 있다. 그들은 내가 지나가면 기다렸다는 듯이 말을 걸어왔다. 나와 눈을 맞추고 입을 속살거리기를 좋아했다. 무심한 듯 옆을 지나치는 사람이, 바쁠 것 없다며 딴전 피우던 구름이, 선탠을 즐기던 나무가, 걸음마를 신기해하던 새들이, 낮잠에서 막 깨어난 가로등이, 쓰레기통을 뒤지던 고양이가 그랬다.

그런 신호음을 감지하지 못하는 것은, 곁에 눈길을 줄줄 모르고 줄기차게 앞만 보며 한 길로만 다니는 탓이었다. 그런데 아주 드물게, 흡사 오래 잊고 있었던 친구에게서 느닷없이 날아온 한 장의 엽서처럼 지나쳐버린 신호음이 불현듯 생각날 때가 있었다. 너무 총총 걸어와버려서 되돌아갈 수도 없으니 그럴 때는 속수무책이다.

어린이집을 운영하는 친구에게 갔다. 현관에 신발장이 놓여 있었다. 내 볼일은 친구의 얼굴을 보는 일이었으므로 평소처럼 다른 것에는 일별을 하지 않고 무심코 지나쳤다가 다시 그 자리에 가 섰다. 이번에는 운이 좋았다. 몇 걸음 지나치지 않아서 어떤 단어 하나, 문장 한 줄이 마음의 그릇에 담겼다. 어제, 그저께, 일주일 전, 끙끙 앓으며 가슴의 갈피에 여전히 남아 있는 묵은 말들을 떠나보낸 게 다행이었다. 마냥 붙잡고 있는 게 능사가 아닌지도 모른다는 생각을 했다. 때로 안타깝지만 흘러가게 두는 것도 인생을 가볍게 하는 한 방법일 것이다.

찬찬히 신발장을 들여다보았다. 오후 세 시, 하루의 일과가 파할 때까지 얌전히 주인을 기다리고 있는 신발들은 어느 하나도 같은 모양이나 크기가 없었다. 색깔도 다 달랐다. 개중에는 일상적인 반듯한 삶이 무료했는지 다른 신발위에 올라가 있는 것도 있고, 도저히 맞지 않는 마음을 어쩔 수 없는 듯 아예 한 짝은 다른 칸에 가 있는 것도 보였다. 아침에 다투기라도 했는지 서로 다른 쪽을 보고 있는 신발도 있었다. 맑은 날 장화는 아무래도 주류에 섞이지 못한 듯 보였다. 제대로 된 집에 들지 못하고 칸막이도 없는 옥상에 민망한 듯 서 있었다.

삼십 년을 살아온 부부의 인생은 이미 풀어버린 수학 문제와 흡사하다. 답을 이미 알고 있으니 어떤 방법으로 풀까 고민할 필요도 없고, 시간 내에 풀 수 있을까 마음을 졸이지 않아도 된다.

그러나 뒤집어 생각해 보면, 익숙한 삶이기 때문에 가끔은 다른 방법에 슬쩍 어깨를 기댈 수도 있는 것이 아닐까. 어느 하루는 바지통이 넓으니 좁으니 하며 문을 박차기도 하고, 어느 날은 죽어라고 번 돈은 다 어디 갔느냐고 의심의 눈초리를 주고받다가 등을 돌리기도 한다. 그러다가 감미로운 봄바람 탓인 양 슬쩍 팔짱을 끼거나, 이마에 흘린 땀을 닦아주는 날도 보너스처럼 끼여 있기는 하다. 그 어느 날도 사랑이 사라지는 것은 아니다. 몸살을 앓듯 만사가 귀찮을 뿐이다. 그렇게 슬쩍슬쩍 흘러가는 것이 인생이 아닐까.

신발장의 신발들도 내일이면 다른 모습으로 자리하고 있을 것이다. 이럴까 저럴까 매양 흔들리는 내 마음을 눈치 챈 신발장이 보내는 신호이다. ✻

방향키

우리만큼 동류의식과 동질성을 찾는 민족이 있을까? 처음 보는 사람을 만나서 통성명을 하고 나면 혈연, 학연, 지연부터 확인하려 들기 일쑤다. 공통점을 찾아내면 그 안에서 안도한다. "우리가 남이가?" 하는 말도 그런 연유에서 생겨나지 않았나 싶다. 그것 또한 무리 속에서 '우리'를 지키려는 몸짓이다.

하지만 어느 편에 속하든지 불편한 마음을 조금씩은 지니고 사는 것 같다. 언제나, 어디서나 나와 마주보는 사람이 있는 곳이 세상이 아닌가. 아무리 가까워도 너와 내가 반드시 우리일 수 없는 곳 또한 세상이다. 요즘 들어 부쩍 이런 생각들을 할 때가 잦다.

겨우내 닫아두었던 창문에 봄빛이 쉴 새 없이 기웃거리고 있다. 더 이상 게으름을 피우고 있을 수 없어서 겨울옷을 정리한다. 이제는 미련을 거두고 입지 않는 옷을 과감하게 정리를 하리라 마음을 먹는다. 커다란 비닐 봉투 두개의 입을 벌려놓고 일을 시작한다. 왼 쪽은 처분할 옷, 오른 쪽은 손질해서 다시 입을 옷이다. 옷을 하나씩 너는 이쪽, 너는 저쪽하며 분류를 한다.

　이쪽과 저쪽을 생각하다보니 두 분 선생님이 떠오른다. 내 자아가 분명한 이분법으로 나누어진 것은 뇌리에 깊이 각인 되어 있는 이 두 분의 영향이 컸다.

　부산 영도에서 어린 시절을 보낸 나는 그곳 초등학교에 입학을 했다. 베이비 붐 세대여서 내가 1학년 12반 85번 이었는데 내 뒤로도 십여 명의 아이가 더 있었다. 반도 14반까지 있었으니 1학년만 해도 천오백 명 가까이 되었다. 그러니 교실도 턱없이 모자라 미군이 철수하면서 버려두고 간 양철막사까지 교실로 사용을 하였다.

　하루는 아침에 등교를 했더니 교실 안에 누가 똥을 한 무더기 누어놓았다. 잠시 난감해하던 선생님이 우리 반에서 제일 형편이 어렵고 옷도 더 남루했던 아이를 불러서 그것을 치우라고 했다. 그러면 집에 갈 때 급식 빵을 하나 더 주겠다는 것이었다.

　어린 마음에 내가 받은 충격이란 이루 말할 수 없었다. 이미 오래 전의 일이고, 일 학년만 다니고 전학을 한 터라 다른 것은 거의 잊었는데 선생님이 호명한 그 아이의 이름은 아직 생생하게 기억하고 있다.

그 후로 학년이 바뀌어서 새 선생님을 만날 때마다 설렘보다는 긴장감을 더 많이 가지게 되었다. 선생님께 쉽게 다가가지도 못했다. 그 상한 마음을 고등학교 때 가서야 어느 정도 치유할 수 있었다. 시인 유치진 선생님이 지은 '겨레의 밭'이라는 교훈을 가진 고등학교에 다녔다. 소설, 영화, 사진, 음악을 좋아하며 학창 시절을 보냈다. 그때는 지금처럼 공부에 모든 힘을 쏟는 그런 시절은 아니었다. 플라타너스 그늘 아래 학교 담장을 끼고 시화전, 미술전도 열었다.

토요일 오후, 집으로 가다가 교실에 두고 온 것이 생각이 나서 친구와 다시 학교로 갔다. 텅 빈 교정을 지나 교실로 가는데, 복도 끝 별채의 화장실에서 뭔가 인기척이 있는 것 같은 느낌이 들었다. 친구와 머뭇거리며 그쪽으로 가보았다.

그때 나는 잊지 못할 장면을 보았다. 학생들이 모두 하교

하고 난 텅 빈 교정 한쪽 화장실에서 교장선생님께서 손수 화장실 문에 흰색 페인트를 칠하고 계셨다. 그것도 재래식 화장실을.

요즘 같으면 행정실에서 알아서 처리했을 것이다. 평소에도 여학생들의 정서를 감안하여 교정 구석구석을 아름다운 정원으로 꾸미기에 열심이던 교장선생님이셨다. 오랜 세월이 지났지만 지금도 봄이면 음악실 앞 연못이 있는 작은 정원에 만발하던 모란을 잊을 수가 없다.

살아오면서 어떤 일을 만날 때마다 내가 의식하든 의식하지 않든 이 두 가지 일이 내면 깊숙한 곳에서 방향키를 조정하는 것을 느낀다. 어떤 환경에 처할지라도 초등학교 때의 선생님처럼은 되지 않아야겠다는 안간힘이 내 무의식에 작용하고 있다. 그 때문에 자주 자신의 자취를 돌아보았다. 나는 어느 쪽일까?

요즈음 들어 뜻밖의 복병을 만났다. 지금의 내가 과연 진정한 나일까 하는 의구심이 들었다. 지금껏 말이나 행동을 부단히 단속하며 살아와서 그런대로 사람의 꼴을 갖추고 있지만 이것이 진정한 나의 모습인지 자신이 없어졌다. 내가 인식하지 못하는 사이 초등학교 때 선생님처럼 얼굴에 땟국이 흐르고 남루한 아이를 수없이 무시하며 살아온 것은 아니었을까? 아니면 내가 그 아이처럼 될까봐 지레 겁을 먹고 '착한아이 콤플렉스'를 지닌 채 몸에 맞지 않는 옷을 입고 지내온 것은 아니었을까?

살아온 날들의 수없는 장면들이 파노라마처럼 머리를 스쳐 지나간다. 상황에 따라 슬쩍슬쩍 바꿔 쓰는 가면을 벗으면 나는 어느 쪽일까? 그런 생각들로 여러 날 잠들지 못하는 밤을 보냈다. 자주 몸져 누웠다.

이제 인생의 정점을 지나 오후에 접어든 세월 위에 섰다. 이쯤에서 지나온 삶을 한 번쯤 훑어보는 것은 남아 있는 삶을 살아갈 때에 발을 헛디디지 않기 위한 좌표가 되리라 애써 마음을 다독인다. 나 자신을 위로하자면 아마 나는 어느 쪽일까 물을 수 있는 동안은 그래도 온전한 마음으로 살아가지 않을까 싶다. ✱

3부 직소퍼즐

직소퍼즐

직소퍼즐을 샀다. 고흐의 그림 〈별이 빛나는 밤에〉로 1000조각짜리이다. 퍼즐은 여러 가지 다양한 모양으로 불규칙하게 잘라져 있는 조각들을 제자리에 끼워 맞춰서 하나의 전체 그림을 완성해 나가는 도구이다. 퍼즐을 맞추면서 내 인생의 조각들도 점검해 보고 싶었다.

아는 분의 소개로 지금은 재개발이 된 임대 아파트를 얻어 신혼살림을 시작했다. 열 평의 작은 공간에서 남매를 낳아 길렀다. 잠시만 살다가 고향인 대구로 다시 돌아갈 계획이어서 살림살이들도 다 풀지 않고 살았다. 그러나 인생이 어디 사람의 마음먹은 대로 되는 것이던가. 지금 와서 돌이켜보면 얼마나 어리석은 생각이었는지 모르겠다. 내일을 위해 오늘을 저당잡히지 말아야겠다는 교훈은 그때 얻은 것이다.

그 무렵 건강이 좋지 못했던 남편은 고통으로 밤잠을 설치다가 아침이면 피곤한 기색이 역력한 얼굴로 출근을 했다. 계단을 내려가는 남편의 뒷모습을 바라보는 내 가슴은 소리 없이 무너져 내리곤 했다. 새벽이면 아침밥을 준비하고 밤새 달인 한약을 먹이고, 점심 때 먹을 것은 보온병에 담고 도시락 싸서 출근을 시키곤 하였다. 그때는 아무 것도 생각할 수가 없었다. 두 아이의 양육비, 남편 약값, 아파트 임대료, 각종 세금, 또 약간의 저축으로 사는 것이 늘 힘에 겨웠다.

고흐는 불꽃 같은 삶을 살았고 보통의 사람들이 가늠할 수 없는 열정으로 그림을 그렸다. 한 조각의 마른 빵, 부족한 커피, 남루한 외투와 닳고 닳은 구두, 딱딱한 나무의자로 짐작할 수 있는 스산한 삶을 살았지만 화가가 된 이래 그 궁핍함 때문에 캔버스 밖을 기웃거리지 않았다. 나는 그런 고흐를 좋아한다.

졸업과 동시에 다른 분야는 기웃거리지도 않고 교육계에 발을 들여놓은 남편은 자주 교육현장의 부조리와 병폐를 토로했다. 바람직한 교육은 상급학교 진학을 위한 주입식 지식의 습득이 아니라 좋은 책을 읽고, 참된 친구를 사귀고, 동아리 활동을 통한 취미생활과 특기 살리기 등 다양한 프로그램으로 진행되는 전인교육이 되어야 한다고 믿는 남편은 인문계 고등학교의 교사의 일을 힘들어 했다. 현실은, 소위 말하는 명문대학의 진학률로써 교사의 능력과 학교의 평판이 판가름이 났다. 학생들의 인격함양과 정서순화에는 별로 관심을 두지 않았다. 결국 이상주의자라는 질시 속에 상처를 안고 교직을 떠나야 했다.

쓰지 않는 방을 깨끗이 치웠다. 손님이 올 때만 가끔 꺼내 쓰던 커다란 상을 펴고 그 위에 1000개의 퍼즐 조각을 올려놓았다. 퍼즐은 맞추는 사람을 배려해서 A, B, C, D의 네 부분으로 구성되어 있다. 우리의 인생과 닮았다. 순서대로 맞추어간다면 내 인생은 지금 세 번째 부분의 퍼즐을 맞추고 있는 셈이다. 그만한 세월 위에 나는 서 있다. 퍼즐 조각 뒷면이 각기 다른 네 가지의 색깔로 칠해져 있다. 마치 사람이 유년기, 청년기, 장년기, 노년기의 삶을 다른 마음가짐으로 살아야 하는 것처럼.

우리 가족은 마흔의 나이에 대학원에 진학한 남편을 따라 서울로 이사를 하였다. 그리고 십여 년의 세월을 원주로, 대구로, 청도로 전전하다가 다시 첫 출발을 한 곳으로 돌아왔다.

남편은 뒤늦게 자신의 길을 찾았지만 세상에 뿌리내리기가 쉽지 않았다. 사회의 토양은 우리가 생각했던 것보다 훨씬 견고하고 배타적이었다. 실력이나 열정, 성실성, 정직함은 제쳐두고 배경을 보자고 하고, 유력자를 내놓으라고 했다. 자신 외에 내세울만한 그럴듯한 그림이 없는 남편으로서는 한 뼘 뿌리내리기가 얼마나 어려운지, 흔들리지 않는 나무로 서려면 얼마나 더 외풍에 시달려야 할지는 모르겠다.

퍼즐은 인생에 다름 아니다. 마음먹은 대로 되지 않는다. 그까짓 것, 어려울 것이 없어 보이지만 막상 달려들어 보면 만만한 것이 아니다. 우선 완성된 그림이 머릿속에 들어 있어야 하고 비슷한 색깔들을 눈여겨봐야 한다. 예닐곱 개의 조각을 연달아 맞출 때도 있지만 거의 한나절이 다 가도록 한 조각도 맞추지 못할 때도 있다. 그때는 깨끗이 항복을 하고 물러나야 한다. 얼마 동안 쉬면서 다시 전열을 가다듬어야 한다. 그리고 나서 다가가면 아까는 보이지 않던 그림이 의외로 쉽게 눈에 띄기도 한다. 퍼즐은 한 번에 한 개씩만 맞춰 넣을 수 있다. 아무리 빨리 하고 싶어도 여러 개를 한 번에 맞출 수는 없다. 그리고 내가 맞추고 싶은 부분을 고집스레 붙들고 있어서도 안 된다. 여의치 않으면 포기하고 다른 부분을 들여다볼 줄 아는 여유가 있어야 한다.

사람들은 누구나 직선 코스로 빨리 목적지에 도달하기를 원한다. 우리 부부의 삶도 다를 바 없었다. 다시 시작하느라 십 년이나 늦게 출발한 것을 만회하려고 얼마나 애를 써왔던가. 조바심을 치며, 곁눈질 하지 않고 앞만 보고 달려온 세월이었다.

내가 퍼즐을 맞추고자 마음을 먹은 데에는 이유가 있다. 속도의 노예가 되어 욕망의 그릇을 채우기에 급급했던 젊은 날의 시행착오를 되풀이 하지 않으려는 나름의 결심 때문이다. 그러려면 후반전의 삶에 대한 성찰이 필요하다. 때로, 세상의 모든 일을 잊고 멈춰 서서 신이 주는 메시지를 듣고 싶은 까닭이다. 나는 퍼즐을 들여다보고 있는 순간에는 다른 아무 것도 생각하지 않는다. 일종의 마음을 비우는 작업이다.

퍼즐을 반 이상 맞추었지만 그래도 여전히 빈 공간은 넓다. 나는 인생의 반환점을 이미 돌았지만 아직도 살아볼 만하다. 신이 나에게 맡겨준 일도 해야 하고, 하고 싶은 일들도 있다.

그림 〈별이 빛나는 밤에〉에는 하늘과 구름과 별과 달과 나무와 교회와 마을이 있다. 바로 우리가 사는 세상이다. 화가는 빈한한 삶을 살았지만 그림에서 느껴지는 에너지는 역동적이고 무한하다. 나는 그림을 보며 그런 에너지가 나에게도 전이됨을 느낀다.

퍼즐의 남은 빈 공간은 내게 주어진 시간의 끝자락의 삶이고 바로 내가 살아야 할 미래의 시간이다. 남편이 자신의 자리에서 할 일을 다 마치고, 내 몸을 통해 세상에 온나의 두 아이가 스스로의 힘으로 뿌리를 내리고 바람을 견뎌나갈 수 있는 든든한 나무로 설 때쯤, 인적 드문 곳에 우리 부부가 몸을 누일 수 있는 작은 오두막과 과수원을 장만할 생각이다. 그러면 오두막 옆에 등나무를 심고 하얀벤치를 마련하리라. 이것은 결혼을 하면서 남편이 나에게한 약속이다. 내가 오랜 세월동안 놓치지 않고 간직해 왔던 밑그림이다.

햇빛이 눈이 부시게 빛나고 향기로운 바람이 옷깃에 스치는 등꽃의 계절이 오면 연한 보랏빛 등꽃이 만개한 등나무 아래에서 나는 책을 읽고 글을 쓰고, 남편은 늘 꿈꾸어왔던 과실나무를 돌보고 있는 황혼의 모습을 상상해 보곤한다.

우리 부부가 함께 맞춰야 하는, 남아 있는 퍼즐 조각이다. 겸허하게 살아가야 할 인생이다. ✻

커피를 끊다

밤 11시 39분에 문자메시지가 왔다. 나는 일 년에 일주일가량 휴가 때를 제외하고는 새벽 4시 30분에는 일어나야 한다. 그러니 밤늦은 시간의 전화나 문자메시지는 거의 없다. 이 늦은 시간에 누구냐며 폰을 열어보니 아들이 보낸 것이었다.

'조금만 참으세요, 얼마 남지 않았습니다. 열심히 공부하고 있으니까.'

대학수학능력 시험을 치르기 보름 전이었다. 어미의 뒷바라지도 없이 밤 깊은 시간까지 공부를 하다가 얼마나 외롭고 힘이 들었으면 자기 스스로에게 다짐을 하듯 어미에게 그런 문자를 보냈을까 싶었다. 명치끝이 저려오는 아픔을 느꼈다. 한동안 잠을 이룰 수 없었다.

학창 시절, 아들은 여러 번 전학을 다녔다. 아이들 세계에도 엄연히 텃세라는 것이 있다. 지나치다 싶을 정도로 축구를 좋아하고 또 잘하는 아들인데 번번이 주장의 자리에서 밀리는 눈치였다. 조심스레 물으니 전학을 온 아이는 주장을 할 수 없단다.

그 말을 듣던 날 밤, 베갯머리를 적시며 소리죽여 울었다. 그런 아픔들이 있어서 다시는 전학을 시키지 않으려고 아예 기숙사가 있는 고등학교로 진학을 시켰다. 집에 오려면 차를 다섯 번이나 갈아타야 하고, 공부도 벅찬 학교였다.

커피를 끊었다.

아들의 문자메시지를 받고 밤잠을 설쳤다. 어느 부모라도 그러했을 것이다. 내 아들이 저렇게 힘들어 하고 있는데 생각을 하니 가슴이 끓어 넘쳤다. 아마 품에 두고 있지 않아서 더 그랬을 것이다. 어미인 나도 한 가지 '힘듦'을 안고 있어야 공평할 것 같았다.

커피를 마시고 안 마시고가 무슨 대수냐 싶지만 나에게는 그렇지 않다. 문학청년이었던 세 살 위의 오빠 덕에 나는 일찍부터 커피 맛을 알았다. 국산 커피가 널리 보급되기 전까지 쓰디쓴 맛의 미제 커피를 가끔씩 마실 수 있었다. 고등학교 시절 용돈을 받으면 제일 먼저 커피를 샀다. 가장 작은 병이 팔백 원이었다.

밥을 먹고 나면 엄마와 마주 앉아 커피를 마셨다. 설탕을 듬뿍 넣어서 마시는 엄마께 커피를 마시는 건지, 설탕물을 마시는 건지 모르겠다고 핀잔을 드리곤 했는데, 그때의 엄마만큼 나이를 먹은 나도 단맛이 혀끝에 감기는 그런 커피를 좋아한다.

시부모님과 세 명의 시동생, 우리 사 남매, 서너 명의 일가붙이들과 함께 한 대가족 맏며느리의 고단한 생활 가운데서도 엄마는 커피를 즐기고 글을 쓰셨다. 시집을 가 멀리 떨어져 사는 나에게 한 달에 한두 번 장문의 편지를 보내셨다. 뿐만 아니라 방송국에서 공모한 편지글이 채택되어 편지글의 주인공이었던 동생이 군대에서 포상휴가를 나오기도 했다.

돌이켜 생각해 보면 그동안 참으로 분망한 삶을 살았다. 아픈 몸으로 대학에 다니고 있던 남편과의 결혼, 오랜 투병생활, 교사로서 겪은 갈등, 집안이 전소되는 화재, 퇴직, 마흔의 나이에 '다시 시작하기', 여러 번의 이사, 갑작스러운 친정어머니의 죽음 등 굽이굽이 어려운 강들을 건너고 여기까지 왔다.

깨어 있는 의식과 열린 가슴을 가지고 살아가는 삶은 얼마나 인간다운가. 그래서 또 얼마나 힘이 드는가. 그때마다 부대끼는 마음들을 한 잔의 뜨거운 커피로 가라앉힐 수 있었다.

자리를 옮겨 앉은 남편이 자신의 자리에서 뿌리를 내려가고 있는 지금의 삶도 힘이 든다. 나의 삶은 지극히 객관적이다. 나의 아픔은 뒤로 미뤄 두고 이웃의 한숨소리를 듣고 눈물을 닦아주어야 할 때가 많다. 내가 만나는 사람들은 나를 통해서 자신들의 모습을 본다. 내가 밝고 정돈된 모습으로 서 있어야 그들은 내게 다가온다. 다가와서 마음을 연다. 이런 역할이 어렵고 힘이 들지만 '내가 있음'으로 해서 이웃의 마음의 짐이 조금이라도 가벼워진다면 기꺼이 감당하고자 한다.

그러려면 내 속에 힘이 충전되어 있어야 한다. 내가 샘의 근원이 되어야 물을 흘려보낼 수가 있는 것이다. 물론 건강을 다지고 정신적인 내공을 쌓아야겠지만 그렇게 할 수 있는 원동력은 나에게는 한 잔의 뜨거운 커피이다. 몸을 내려놓고, 등을 기대고, 생각을 멈추고, 커피 한 잔 마실 동안이면 나 자신을 회복할 수 있다. 다시 출발선에 설 수 있다.

그런 내가 커피를 끊었다.

어미에게 백일 동안의 정말 힘든 '커피 끊기'를 시킨 아들은 내가 원하는 대학은 아니지만 자신이 원하는 대학에 무난히 들어갔다.

그때부터 감당하기 어려운 큰 문제에 부딪혔을 때, 온 마음을 쏟아야만 하는 간절한 바람이 있을 때, 모든 것을 다 그만두고 돌아서고 싶을 때, 인간관계의 어려움 속에 놓였을 때, 나 스스로를 바로 세워야 할 필요가 있을 때마다 백일 동안은 아니지만 한 달이나, 보름쯤 커피를 끊고는 했다. 일종의 극기 훈련 같은 것이다.

마음을 비웠다고 생각했지만 잠시만 방심하면 좀 더 안락한 환경이나 경제적인 여유, 더 나은 지위, 그럴싸한 명예 따위에 마음을 쏟는 욕심은 끝이 없었다. 내가 애를 써도 나이가 들면서 탐욕의 군더더기가 마음의 틈을 비집고 들어섰다.

얼마동안 커피를 끊는 것은, 내가 치장한 모든 것을 벗고, 욕망을 줄이고, 자아를 내려놓고, 빈 몸으로 서서 내 속의 나를 들여다보는 작업이다. 내 영혼의 깊은 곳에 닻을 내리는 작업이다.

그리하면 나는 다시 피곤한 손과 연약한 무릎을 일으켜 세울 힘을 얻는다. ✻

커피를 시작하다

내가 커피를 즐기고 좋아하는 데 반해 남편은 커피라고는 입에 대지 않는다. 마음이 움직이지 않으면 절대 몸을 움직이지 않는 성격 탓에 살아가면서 민망할 때가 한두 번이 아니었다.

내가 외동딸이니 남편은 그야말로 눈에 넣어도 아프지 않을 사위이다. 신혼여행을 마치고 친정에 갔을 때, 엄마는 상을 잘 차려놓고 사위에게 "좀 더 드시게" 권했는데 이 사위는 밥 한 술 더 먹는 것이 무슨 큰일이라도 나는 것처럼 절대로 더 못 먹는다는 자세로 버텼다. 엄마는 서운한 기색이 역력했고 방으로 들어온 나는 한바탕 눈물바람을 했다.

나는 밥 한 끼 굶는 것은 쉬워도 마셔야 할 때 커피를 건너뛰는 것은 쉽지 않다. 사람들은 삼천 원짜리 라면을 먹고 육천 원짜리 커피를 마시는 것을 흉을 보지만 나는 그것은 취향의 문제이지 비난 받아야 할 일은 아니라고 생각한다. 그러나 남편의 생각은 다르다. 그것은 '끼니'에 대한 모독이라는 거였다.

다른 부분은 말할 것도 없이 음식에 대한 우리 부부의 생각은 이렇듯 다르다.

나는 여름에도 더운 밥 먹기를 즐기는 데 남편은 한겨울에도 적당히 식은 밥이어야 한다. 금방 지어서 더운 밥이면 주방 창틀에 얹어서 식히거나 그만한 시간적 여유가 없으면 냉동실에 넣고 삼십까지 세곤 한다. 나는 편한 시간에 시장기가 느껴지면 먹어도 되는 반면 남편은 시장기와는 상관이 없이 식사 시간도 정확해야 한다.

또 음식은 무조건 그릇에 산처럼 올라오도록 수북이 담아야 된다. 어쩌다 손님이 와서 큰 접시에 보기 좋게 적당히 담아내면 손님이 알아채지 못하도록 신경을 쓰면서 나에게 인상을 쓴다. 나도 질세라 소신껏 밀고나가는 날은 손님이 가고나면 한바탕 언쟁이 벌어진다.

"왜 그렇게 음식을 인심 사납게 담았냐? 아까워서 억지로 주는 것 같지 않느냐?"

그러면 나도 가만히 있을 수가 없다.

"조상 중에 굶어서 돌아가신 분이 있냐? 음식을 내면서 얼마든지 더 드시라고 하지 않았느냐?"

언성을 높인다.

'먹고 산다'는 말이 있는 것처럼 먹는 문제는 살아가는 것만큼이나 자연스러운 일인데도 우리 부부는 걸리는 것도 많고 생각도 다르다. 그동안 세월의 무게가 얼마인가. 몸에 잘 맞는 옷처럼 편안하게 생각되다가도 어떤 때는 물에 기름처럼 느껴질 때가 있다.

사람은 변하지 않는다는 말에 공감하지만 세월의 힘은 아무래도 그런 진리를 뛰어넘을 수 있나 보다. 도무지 융화라고는 될 것 같지 않던 남편에게 작은 변화들이 보이기 시작했다. 여기까지 오는 동안 크고 작은 돌부리에 걸려 넘어지기도 하고, 수많은 강을 건너기도 하면서 오랜 시간 함께 걸어온 세월의 힘이 아닐까 하는 생각이 든다.

남편은 어느 한 순간 마음을 바닥까지 내려놓고 쉰 적이 없었다. 커피를 마시지 않고 차도 즐기지 않는 것은 그런 연유에서일 것이다. 시간을 두고 천천히 앉아서 마셔야 하는 커피는 어쩌면 목표를 향해 나아가는데 시간낭비일 거라고 생각해왔는지도 모르겠다.

신혼 시절, 친정어머니를 서운하게 했던 그 소신 그대로 지금까지 살아온 남편에게 작은 변화의 조짐이 보이기 시작했다. 단체로 여행을 가거나 식사를 할 경우가 많은데 그럴 때도 절대 '커피로 통일'이 안 되는 것은 순전히 남편 때문이었다. 남편은 장長의 자리에 있기 때문에 커피를 마시지 않으면 나머지 사람들도 서로 눈치를 보다가 없던 일로 하고 말았다. 썰렁한 분위기를 만드는 당사자인 셈이었다.

그런 남편이 커피를 마시기를 시작했다.

아직은 커피를 즐기는 것이 아니라 단지 옆 사람을 불편하게 하지 않겠다는 배려로 보이기는 하지만 언젠가 '한 잔의 커피'가 주는 여유와 부드러움을 체득하게 될 것이다. 한 잔의 차를 마시며 지금까지 앞만 보고 달려온 시간들을 돌아보며 가끔은 숨고르기를 할 필요성을 남편도 느끼고 있을 터였다.

몽골초원을 여행하다 보면 강을 자주 만난다고 한다. 초원을 흐르는 강은 많은 굴곡을 만들며 굽이굽이 흐른다고 한다. 그만큼 더디 흐르고 멀리 돌아갈 수밖에 없지만 그 영향으로 강 주변에는 더 많은 초원이 형성된다고 한다. 남편이나 나의 삶이 몽골의 강을 닮아 있는 것 같아서 어느 책에서 이 대목을 읽고 얼마나 위로를 받았는지 모른다. 진부한 소리지만 목적을 이루는 것보다 과정이 중요한 것이다. 하루하루의 삶이 각각 다른 무늬의 날줄과 씨줄로 엮이면서 우리의 한 생애가 되는 것이니 말이다.

그렇다. 인생은 고속도로 여행이 아니지 않는가. 고속도로에서는 단시간에 가는 것이 미덕이다. 그러나 인생은 초원에 흐르는 강이다. 굽이굽이 돌아서 느리게 흘러가는 것이다. 비로소 그동안의 우리 부부의 삶이 연민이나 고통이 아니라는 것을 깨달았다. 이런 깨달음이 있기 전까지는 이젠 더 이상 뿌리를 깊이 내리지 못하게 되는 것은 아닐까, 이미 너무 늦은 것은 아닐까, 불안해하고 전전긍긍했었다.

그렇게 살아온 남편이 이제는 한 잔의 커피가 주는 여유를 즐길 줄 알았으면 좋겠다. 삶의 여백이나 내면의 평화는 미래의 것이 아니라 현재의 것이 아닌가. ⚡

장바구니 이론

　살아가면서 힘들게 하는 것은 멀리 있지 않다. 주로 가까이 있는 사람과 상처를 주고받는다. 나도 밖에서 감정을 상하는 경우는 드물다. 그래도 복잡하게 얽힌 인간관계 속에서 살아가는 터라 아주 아무 일이 없는 것은 아니다. 그럴 경우에도 그리 큰 무게로 내게 다가오지 않는다. 털어버리면 그만이다.

　그런데 곁에 있는 사람과의 시비는 그리 간단하게 가려지지 않는다. 남편은 사무실이 집에서 오백여 미터밖에 떨어져 있지 않아서 제 시간에 출근을 해도 수시로 집에 들락거린다. 그러기에 부딪힐 일이 잦다. 사나흘을 물 흐르듯 유연하고 안온한 상태를 유지하지 못한다. 다툼이 있어도 쉽게 제 자리로 돌아오는 남편에 비해서 나는 오래 가는 편이다. 젊었을 때는 그것도 할만 했다. 그런데 나이가 들면서 머쓱하게 지내는 것이 모양새도 좋지 않을 뿐더러 힘이 들었다. 그래서 나름 내 방식으로 감정을 해결하는 이론을 정립했다. 얼마 전, 이 이론을 써먹어야 할 일이 생겼다.

올 추석에는 큰댁에 가지 않았다. 추석 며칠 전부터 남편에게 뜸을 들였다. 이번 추석에는 나 혼자 집에서 쉬겠으니 아들과 오붓하게 다녀오라고 했다. 아직 말미가 있어서 그런지 남편은 서슴없이 그러라고 했다. 그러면서도 마음속으로는 결국 따라나설 거라고 생각하는 듯했다. 나로서는 얼마 전 여러 날 병원신세를 졌기 때문에 좀 쉬겠다는 데에 명분이 있었다. 큰댁 형님께 미리 전화를 드려서 사정을 말씀드렸더니 병원에 못 와 본 것을 미안해하면서 흔쾌히 그러라고 했다.

추석날 아침이었다. 아들의 입성을 챙기고 있는데 안방에서 양말 사오는 것 같더니 어디 두었냐는 소리가 들렸다. 목소리에 힘이 들어가 있었다. 양복저고리 입는 것을 거드는데 기어이 한마디 했다.

"추석날 아침에 이게 뭐야? 좀 기분 좋게 해주면 안 돼?"

뭐가 문제냐는 얼굴로 쳐다보았더니 내가 방에 들어와서 커튼을 걷고 창문을 열라는 소리를 짜증스럽게 말했다는 것이다. 내가 그랬나 싶어 되짚어 보았다. 밝은 거실에 있다가 방에 들어가니 공기도 탁하고 어두컴컴한 것이 싫긴 했지만 그리 짜증 섞인 어조로 말한 것 같지는 않았다. 설사 그랬다 손쳐도 길 나서면서 꼭 말을 해서 문제를 삼을 건 뭔가 싶었다. 더구나 객지에 있다가 일 년에 겨우 서너 번 집에 오는 아들 앞에서 부모의 좋지 못한 모습을 보여 주게 돼서 마음이 상했다.

남편의 속마음을 짐작하지 못한 건 아니었다. 여느 때 같으면 혼자 보내는 것을 못미더워하면서 따라나설 텐데 화장도 하지 않고 옷도 갈아입지 않는 나를 보더니 심기가 불편해진 것이었다. 삼십 년도 넘은 세월 동안 명절에 큰댁에 가는 것을 건너 뛴 적이 없었다. 친정은 멀고 부모님이 안 계신다는 핑계로 한 번도 가지 못했다. 갑자기 그게 서운해져서 나는 나대로 화가 났다. 몸이 아직 완전히 회복되지 않은 터에 하루 집안일에서 놓여나 쉬는 게 뭐가 그리 잘못 된 거냐 싶은 생각이 들었다.

"트집 잡지 말고 솔직하게 말해. 혼자 가기 싫다고."

정면으로 승부수를 던졌다. 며칠 전 쉬라고 한 말이 있어서 그렇다는 소릴 하지 못한 것이 뻔했다. 그랬더니 아니라고 펄쩍 뛰면서도 머리를 빗다가 빗을 소리 나게 내려놓았다. 나는 속으로 혀를 끌끌 찼다.

'누굴 원망하겠어? 내가 버릇을 잘못 들인걸.'

시댁 동기간들이 하나같이 말했다. 남편이 이렇게 된 것은 순전히 내 탓이라는 거였다. 처음부터 오냐오냐 말을 너무 잘 들어준 탓이라고들 했다. 후회는 항상 늦게 온다. 그러니 어쩌겠는가. 지금부터라도 제자리를 잡아가는 수밖에 없지 않는가.

남편은 잠시 머뭇거렸다. 내가 후딱 차비를 차리는 걸 기다리는 듯했다. 나는 모르는 척 큰댁에 가지고 갈 선물 보따리를 현관에 내어놓았다. 잘 다녀와, 인사를 했지만 아들은 대답을 하는데 남편은 못들은 척 그냥 계단을 내려갔다.

이런 일들은 살아오면서 수시로 일어났다. 우리 부부는 작은 말 한마디에 걸려 원망과 불평을 쏟아내고 며칠 동안 입을 다물고 지내는 일이 잦았다.

어느 날이었다. 그날도 아침에 작은 실랑이가 있었다. 무슨 일이었는지 기억이 나지 않는 걸 보면 그리 큰 문제는 아니었던 것 같다. 장바구니를 들고 마트에 갔다. 딱히 장을 보아야 한다는 것보다 불편한 심사를 달래기 위해서였다. 이런저런 것을 구경하다가 기껏 저녁 반찬거리 몇 가지를 사서 집에 돌아오지만 그래도 마음은 어느 정도 풀렸다. 그렇다고 충동구매를 하는 것은 아니다. 메모장에 적힌 것들을 바구니에 넣고 계산대 앞에 서서 차례를 기다리고 있었다. 그때 탄산음료를 마신 듯 갑자기 가슴이 쏴아해지면서 마음에 어떤 울림이 왔다.

세상은 거대한 슈퍼마켓이다. 슈퍼마켓에는 수많은 물건들이 진열된 채 내가 집어 들기를 기다리고 있지만 내가 필요하지 않는 것은 손을 대지 않는다. 시식 코너에서는 여러 가지 시식거리로 나를 유혹하지만 그런다고 다 사지는 않는다. 내가 필요한 것을 골라서 값을 치르고 장바구니에 넣어 집으로 가지고 온다.

사람 사는 세상에는 사람과의 사이에서 일어나는 수많은 감정들이 있다. 사랑, 미움, 기쁨, 슬픔, 희망, 절망, 열정, 좌절 등이 나를 둘러싸고 있다. 마찬가지로 세상의 많은 감정들 중에서도 내가 필요한 것만 받아들이면 된다. 그것만 내 마음의 장바구니에 담고 나머지는 그냥 던져버리면 된다. 내 장바구니에 들어 있는 것은 내가 값을 치른 것이다. 절대 공짜가 아니니 함부로 사용해서는 안 된다. 이른바 나의 '장바구니 이론'이다.

그날부터 나는 감정을 조절하는 것이 조금은 수월해졌다. 충돌이 생길 때마다 나의 이 이론을 떠올렸다. 그전처럼 속을 끓이지도 않고 불편한 마음을 오래 담아두지 않게 되었다. 그런 믿는 구석이 있어서 추석날 아침 남편과의 불편함도 심상하니 넘길 수 있었다.

남편과 아들이 출발하고서 십 분 남짓 지났을까 남편에게서 전화가 왔다. 잘 갔다 올 테니 마음 편히 쉬고 있으란다. 그전 같으면 어림없는 일이다. 저녁 무렵 돌아와서 시시비비를 가렸을 것이다. 그만큼 불편한 감정들을 마음에 담아두지 못하는 성격이었다.

  내가 장바구니 이론을 대입해 마음을 정리하는 것처럼 남편도 자신이 터득한 방법으로 갈등을 헤쳐 나가는 모양이다. 부부로 함께 걸어 온 삼십 년의 세월은 어울려 살아갈 수 있는 기술 하나쯤은 터득할 만한 시간인가 보다. ⊁

책갈피

　책을 자주 접하는 내게 책갈피는 필수품이다. 책을 놓고 잠시 일을 볼 때마다 갈피를 물리기 때문이다.

　그저께 찻집에서 커피를 마시다가 낯익은 책갈피를 만났다. 친구가 꺼낸 책 속에 내가 만든 책갈피가 들어 있었다. 섣불리 말했다가 남의 것을 넘본다는 실수를 할까봐 잠시 망설이다가 웬 거냐고 좀 보자고 했다. 친구는 깜짝 놀라며 도서관에서 빌린 책 속에 있었다고 했다. 누군가 손수 만든 것처럼 보여서 책은 반납하고 책갈피는 챙겼다는 것이다. 내가 반납한 책을 이 친구가 뒤이어 대출한 모양이었다.

　책을 사면 가끔 책갈피가 따라온다. 나는 그런 책갈피는 잘 쓰지 않는다. 잡지나 사보를 뒤척이다가 좋은 그림이나 글귀가 있으면 오려두었다가 책갈피를 만든다. 종이가 얇으면 오리기만 해서 사용하지만 종이가 두꺼우면 펀치로 구멍을 뚫어 고운 색실을 묶어서 쓰기도 한다. 세상에 하나밖에 없는, 그야말로 나만의 명품 책갈피인 셈이다.

　살아가면서 필요한 소소한 생활용품에 집착을 하고 정성

을 들이는 편이다. 손거울이나 립스틱, 휴지, 손수건 등을 넣을 수 있는 손가방 정도는 만들어 사용한다. 천을 떠서 보온병 주머니나 장바구니도 만든다. 사서 쓰는 것보다 비용이 많이 들고 시간도 걸리지만 천을 재단하고, 자르고, 한 땀 한 땀 바느질 하는 재미가 쏠쏠하다.

무엇을 만들기로 작정하고 천을 바닥에 펼치면 작은 흥분이 인다. 순전히 내 손에 의해서 내가 원하는 물건이 만들어지기 때문이다. 내 삶도 그러면 얼마나 좋을까? 자질구레한 소품 같은 하루하루가 모여서 한 사람의 일생이 되는 것이 아니던가. 생활 소품 하나를 만들며 흥분하면서도 차곡차곡 의미를 쌓아가야 하는 하루는 아무런 생각 없이 살아가는 나를 돌아본다. 마땅히 작은 설렘이라도 있어야 인생을 대하는 바른 자세가 아닌가.

내가 잠시 이런 생각들에 잠겨 있는 사이에도 친구들은 여전히 책갈피가 화제다. 집에 오려둔 책갈피가 여러 개 있으니 몇 개씩 주마고 했다.

도서관에서 빌린 책을 반납할 때는 책갈피나 메모지가

들어 있나 싶어 꼼꼼히 살핀다. 그런데 책갈피 하나가 묻어갔나 보다. 그 책갈피는 특히 내가 애착을 가진 것이었다. 탁상용 달력을 오려서 만든, 작은 꽃 그림 다섯 장이 가로로 나란히 붙어 있는 것이다. 오래 사용하여 모서리가 낡았다.

친구는 책갈피의 주인이 나였다는 것을 신기해했다. 그리고 그 주인을 만났다는 것을 더 신기해했다. 세상에 이런 우연도 있구나 싶었다. 두어 시간 찻집에서 유쾌한 시간을 보냈다.

그러고 보니 아들이 초등학교 다닐 때 그린 만화주인공을 코팅까지 해서 책갈피로 사용한 적이 있었다. 그것도 요즘 눈에 띄지 않는 걸 보니 아마 나도 모르게 다른 사람의 손으로 흘러간 모양이다.

아무튼 나의 빈티지한 명품들이 이제 내 손을 떠나 친구의 기쁨이 되고 있으니 이런 작은 행복을 위해서 가끔은 책을 반납하면서 일부러 잊은 양 책갈피를 하나쯤은 넣어 보낼까 싶다. ✾

임고서원

백일홍이 한창이다. 청렴과 충절의 꽃이다. 백일홍 나무, 즉 배롱나무는 껍질이 아주 얇아서 마치 없는 것 같다. 그러니 가지는 풍상을 견뎌온 백골처럼 매끈하다. 감히 사심이나 탐욕이 빌붙지 못할 터, 무욕의 상징처럼 보인다. 옛 선비들은 이 나무의 모습처럼 살 것을 다짐했을 것이다. 서원의 정원수로 주로 심은 것은 아침저녁 나무를 바라보면서 삿된 길로 가지 않으리라는 마음의 소리를 듣기 위해서였을까. 여름날의 임고서원은 이렇듯 '백 일 붉은' 백일홍이 먼저 반긴다.

서원은 조선 중기 이후 명현을 제가하고 인재를 키우기 위해 전국 곳곳에 세운 사설기관이다. 성균관이 국립대학의 성격이 강했다면 서원은 지방의 사립학교라 할 수 있다.

임고서원은 충절의 신하 포은 정몽주 선생을 추모하기 위하여 조선 명종 때 부래산 아래 창건된 사액서원이다. 임진왜란 때 소실되어 선조 36년에 현 위치인 영천시 임고면 양항리에 이건하여 재사액을 받았다.

포은 선생은 고려 말 기울어가는 국운을 걱정하고 끝까지 고려왕조를 지키기 위해 절의를 굽히지 않았던 충신이다. 약관 21세에 과거에 급제하여 벼슬길로 나아가서 정승의 자리에까지 오른 문신이다. 성리학에 뛰어나 동방이학의 시조로 불리고 시와 글, 그림 솜씨도 탁월했다고 한다. 또 외교술도 뛰어나 여말 명나라와의 관계개선에 소임을 담당했고 조전원수가 되어 왜구토벌에도 많은 공을 세운 분이다.

우리나라 서원의 공간 구성과 배치는 교육시설로써의 강학 공간과 제향을 위한 공간, 강학과 제향을 지원하고 관리하는 부속 공간으로 나눈다. 일반적으로 강학 공간을 앞쪽에 두고 제향 공간을 뒤쪽에 두는 전학후묘前學後廟의 형식을 기본으로 한다. 임고서원도 그에 따르고 있다.

문루인 영광루 대여섯 계단을 마음을 숙여 겸허함으로 지나면 너비가 어른 걸음으로 스무 걸음은 족히 되는 앞마당을 만나게 된다. 학문을 연마하기 전 자신의 마음을 먼저 다스리라는 배려일 것이다. 무릇 학문의 소이는 지식의 연마에만 있지 않고 선예후학이 마음 바탕에 자리 잡아야 가능한 것이다.

앞마당을 지나 다섯 계단을 오르면 야트막한 산 중턱에 임고서원의 현판이 높이 걸린 강당 흥문당이 자리 잡고 있다. 옛날 청운의 꿈을 품은 유생들이 의관을 정제하고 앉아 사물의 이치와 본성을 탐구하던 곳이다. 사당보다 낮으나 기품이 있고 유생들의 기숙사인 동재 수성재, 서재 함육재 거느려 너그러움이 있는 곳이다.

신발을 벗고 잠시 오래된 세월 위에 앉는다. 학문이 열리고 유풍儒風이 창성하던 곳이니 오백 년 세월을 건너온 뒤에도 밝고 따뜻한 기운이 느껴지는 듯하다. 선현은 세상의 모든 이치가 모두 자기 자신 안에 있음을 강조했다. 성분과 직분의 소임을 다함과 다하지 못함에 따라 의와 불의가 달라지며 지혜로움과 어리석음이 구별된다고 설파했다.

문득 고개를 들어보니 그 유명한 단심가 편액이 걸려 있다. 목숨과 바꾼 신념은 시대이념을 정립하여 조선사회로 나아가는 방향을 잡아주었다. 포은 선생의 숭고한 뜻이, 대쪽 같은 절개가 당시에는 환영받지 못하였지만 유구한 세월을 건너온 지금에 이르러 더욱 높임을 받는 것은 역사의 아이러니일까?

내친김에 제법 가파른 스무 개 남짓한 계단을 올라가 내

삼문인 유정문 앞에 선다. 오른쪽으로 백일홍이 만발했다. 포은 선생과 지봉 황보인 선생을 배향한 문충사이다. 일 년에 두 차례 제를 올릴 때마다 명리를 멀리하고 덕성을 높이며 듣고 본 바를 실천하라는 가르침을 후손들은 다시 한 번 되새기고 있을 터이다.

지난 겨울, 갑자기 건강이 나빠져서 어려운 시간들을 보 냈다. 주위 사람들이 나와 소통의 어려움을 제기했지만 나 는 원칙을 고수하는 입장을 유지하였다. 그런 알력들이 적 잖이 마음에 부담으로 작용하여 기어이 건강까지 해친 것 이다. 몸과 마음을 다스리느라 한 달에 한두 번 일터를 온 전히 떠나 나만의 시간을 갖는 것으로 상처를 치유해 나가 기 시작했다.

그래서 찾은 곳이 어머니의 고향마을이었다. 내 유년의 추억이 서려 있는 외갓집은 지은 지 팔십 년도 넘었지만 아직 건재해 있다. 외숙모가 사시다가 작년에 돌아가신 후 로 빈집으로 남아 있다. 내가 가끔 찾아가 마당의 풀도 뽑 고 대청마루에 앉아서 책을 읽곤 한다. 그러다가 다시 삶 의 현장으로 돌아가기 전, 걸어서 십여 분 거리에 있는 임 고서원으로 향한다.

포은 선생의 어머니는 영천 이씨이고, 내 어머니 또한 같 은 성씨이다. 당대 최고 대신이요 석학을 자식으로 둔 변한국부인은 백로가로 자식의 안위를 걱정했다. 내 어머니는 유복한 가정에서 태어났지만 가난한 선비가문으로 시집을 가서 한평생 필부로 사신 분이다. 내게는 심짓불이었고 기댈 수 있는 언덕이었다. 이미 오래 전에 돌아가셨으나 내 어머니도 아픔을 겪고 있는 딸에게 해 주실 말씀이 있을 것이다. 내가 외갓집을 찾고 임고서원에 머무르는 이유이다. 잠시 일상의 길에서 내려와서 성현의 가르침 앞에 서는 것은 마음을 비우고 앞서가는 욕망을 조절하고 싶은 까닭이다.

학문은 널리 이롭게 쓰지 못하면 죽은 것이나 다름없다. 고루한 논쟁거리가 되거나 사상의 틀 안에 갇혀 편협해지기 십상이다. 산업화 시대를 거쳐 정보화 시대에 살아가는 우리는 공자의 '유교'라고 하면 고루한 학문으로 치부해 버리는 경우가 허다하다. 나도 마찬가지였다.

그러나 서원을 드나들면서 조금씩이나마 무지를 깨우쳐 나갔다. 공자는 일찍이 '인간은 인간과 더불어 살 수밖에 없는 존재'라고 간파하셨다. 그래서 우리는 공동체를 구성하고 그 구성원으로서 살아가지만 가치관과 이해관계가 다른 상태에 놓이게 된다. 이를 조정하기 위해 규칙이 필요하고 지도자에게는 리더십이 요구된다. 유교에서 말하고 있는 리더십에는 힘으로 구성원을 복종시키는 이력복인以力服人과 덕으로 이끌어내는 이덕복인以德服人이 있다고 한다.

예로부터 충忠은 대상에 대한 맹목적 복종을 뜻하는 것은 아니라 진기지심盡己之心이라 하여 자신의 마음을 다하는 것이라고 한다. 넓은 의미의 충이란 자연법적 이치에 따르는 것, 내면의 덕성에 바탕을 둔 덕德으로 세상 다스림에 나아간다는 것이다.

어려움을 겪고 있는 내가 진지하게 되새겨 보아야 할 말이었다. 위기를 자초한 것은 바로 나였다. 맹목적인 충을 요구했으나 덕으로 주위를 살피지 못했다. 열과 성을 다해 일하기는 했지만 그것은 바로 나를 위한 것이었다. 나의 체면과 자존심을 위한 것이었다. 리더십의 중심에는 안과 밖, 위와 아래를 아우르는 소통과 공감이라는 두 축이 자리 잡고 있어야 함을 깨닫는 순간이었다.

아무리 찬란한 문화유산이라도 그 정신을 되새겨 부단히 우리의 삶 안에 들여놓지 않으면 한낱 박제된 시간, 그 이상 그 이하도 아니다. 임고서원이 서원성역화사업을 마무리하면서 유물전시관과 생활체험관인 충효관을 건립한 것은 그래서 큰 의미가 있다. 세대를 이어 선비정신을 함양하고 성현의 삶과 가르침을 본받아 자신의 삶의 자리를 정화하고 이웃에 유익을 끼치는 데까지 나아간다면 그것이 바로 문화유적을 통해 얻을 수 있는 살아 있는 유산이 될 터이다.

이제 임고서원은 그저 문화유적지로만 존재하는 것이 아니라, 우리의 삶에 접목을 시켜놓았으므로 스스로 생명력을 지니게 될 것이다. 오래된 것은 낡고 구태의연한 것이 아니다. 오랜 시간을 통해 검증된 삶의 정수精髓이다. 우리가 살아가는 세상은 복잡다단하여서 실패와 좌절 같은 어려움은 불가피하다. 그러나 삶의 잣대가 되고 지향해야 할 올곧은 정신을 체득하고 있다면 삶의 굽이굽이에서 만나는 어려움을 겁내거나 피할 일은 아니다. 이처럼 유구한 역사의 거울에 자신을 비춰볼 수 있는 문화유산이 언제나 우리 곁에 있으므로.

오늘 따라 서원 뒤로 만발한 백일홍이 더욱 붉게 느껴진다. ✷

떡

'노화'의 정확한 뜻이 무엇인지 사전에서 찾아보았다. 생물이나 기관 따위가 시간이 지남에 따라 성질이나 기능이 약하게 되는 현상이라고 풀이를 해 놓았다. 노화는 생명체가 살아있는 동안 계속 진행된다고 한다. 인정하기는 싫지만 몸이 늙으면 마음도 함께 늙어가는 것이 어쩔 수 없는 자연법칙인가 보다.

남편이 모임에 다녀오면서 선물로 주는 떡을 가지고 왔다. 어른 손가락 두 개 크기만 한 떡이 하나씩 얌전하게 비닐 포장되어 통에 담겨 있었다. 그전 같으면 식탁 위 간식 바구니에 두었을 떡을 서재로 가지고 들어와 책상 서랍에 넣어두었다. 낱개로 포장을 한 거라 하루 이틀은 그냥 두어도 괜찮을 터이다. 나는 세끼 밥이면 되는데 술 담배를 안 하는 남편은 가끔 주전부리를 찾았다. 그래서 식탁 위의 작은 바구니에 떡이나 빵, 초콜릿, 비스킷 같은 것을 넣어두곤 한다. 그런데 오늘은 생각이 바뀌었다.

며칠 전, 여행길에서 남편과 좋지 않았다. 한 끼도 건너뛸 수 없는 남편은 돌아오는 날 아침 빵과 우유로 간단한 아침식사를 하였다. 점심때가 닿아서 휴게소에 들렀다. 몸살기운이 있어서 입맛이 없었지만 남편을 혼자 먹게 할 수 없어서 칼국수와 만둣국을 시켰다. 남편의 칼국수 그릇에 미리 만두를 몇 개 건넸지만 도저히 다 먹을 수가 없어서 남겼다.

그것이 못마땅한 남편은 기어이 한 소리를 했다. 나는 몸이 아픈데 억지로 먹을 수 없다는 것이었고, 얼마나 아프기에 음식을 남기느냐는 것이었다. 아내가 몸이 아프다는데 그깟 만두 한두 개 남긴 것이 뭐가 그렇게 대수냐 싶어서 마음이 몹시 상했다. 그전 같으면 그냥 넘어갔을 텐데, 아마 몸이 편지 않으니 마음도 날을 세우고 있었을 것이다. 그게 며칠째 집안에 한랭기류를 드리우고 있다.

마음이 헛헛하고 몸이 아프니 대가족의 삶을 꾸려오느라 늘 동동걸음을 치던 친정어머니 생각이 났다. 밥솥 가득 밥을 했어도 열대여섯 그릇의 밥을 푸고 나면 어머니의 밥은 없었다. 그렇다고 누가 어머니의 밥을 묻고 챙기는 것을 본 적이 없었다.

거의 달을 거르지 않고 들어 있는 제사 때면 시골에서 일가친척들이 하루나 이틀 전에 우리 집에 모여들었다. 삼시 세 끼를 건사하기 힘에 벅찼던 엄마는 가끔 쑥버무리를 하거나 무시루떡을 쪘다. 커다란 양은솥에 채반을 얹고 한 솥씩 쪄내도 할아버지 방으로부터 문간방까지 나르고 나면 솥에 남은 것은 별로 없었다.

나는 지금 그 당시의 어머니보다 훨씬 더 나이를 먹었다. 이 세월 위에 서고 보니 그것이 마음에 걸려 지금은 돌아가시고 안 계신 어머니 생각에 가끔 맛난 것을 앞에 두고 목이 멜 때가 있다.

그런 시절을 보낸 어머니의 딸이어서인지 나보다는 늘 가족이 먼저였다. 그런 내가 떡 상자를 기어이 내 책상 서랍에 넣어둔 것이다. 이제부터 내 것을 좀 챙기고 살아야겠다는 비장한 각오를 다지면서.

안 하던 짓을 하면 사달이 나게 마련인가 보다. 평소에 내 책상을 잘 기웃거리지도 않던 남편이 뭔가를 찾는다고 책상 서랍을 열었다. 얌전히 앉아 있는 떡을 보았다. 조금

전에 입이 궁금했던지 어제 가지고 온 떡을 찾았다. 나는 퉁명스런 목소리로 벌써 먹고 없다고 했다. 복잡한 내 마음을 읽지 못한 남편이 거실에 있는 나에게 소리쳤다.

"떡 먹었다더니 여기 있네."

아차 싶었지만 어쩌겠는가, 이미 엎질러진 물인데. 민망한 마음에 짐짓 날카로운 목소리로 대꾸를 했다.

"건드리지 마. 이따 내가 먹을 거야."

오랜 세월 함께 살아가다보니 모든 것이 익숙하고 만만하여서 상대의 감정을 읽고 배려하는 마음도 어느덧 줄어들고 만다. 그런 것들은 안 하고 살아도 되는 것처럼 행동할 때가 잦다. 정성은 사라지고 사랑이 실리지 않는 밋밋한 일상이 되고 만다.

내가 나보다 나이가 열 살 쯤 적은 친구에게 이 이야기를 하였더니 친구는 이해하지를 못했다. 나이가 들면 마음이 더 넓어지고 남을 배려하는 마음이 더 커지는 것이 아니냐고 반문을 했다. 물론 그런 사람들도 있을 것이다. 이제는 어디를 가도 나이가 많은 축에 드는 편이고 보니 '노욕' 이라던가 '탐심' 같은 별로 달갑잖은 감정들이 슬며시 다가와서 머리를 들이민다.

남편과의 어쭙잖은 다툼도 그전에는 오히려 문제 삼지 않고 그냥 넘어 갔었다. 언젠가 친정어머니가 '나이 들면 섭섭한 것이 많아진다'고 하신 말씀이 이런 것인가 이제야 알아듣게 되었다.

나도 이제는 무엇이든 넘치는 것은 부담스럽고 싫다. 먹는 것도, 옷차림도, 인간관계도 잔가지들을 쳐내고 큰 줄기 몇 개만 남겨두어 그것을 건강하게 지키며 살고 싶다. 그렇다 하더라도 가장 가까운 사람에 대한 예의는 지켜가며 살아야 할 것 같다. 아무리 노화가 자연법칙이라 해도 무차별로 내 몸과 마음을 갉아먹게 내버려 둘 수는 없다.

마음을 풀고 자리에서 일어선다. 안 하던 짓을 하다가 사람만 실없게 되었지만 뒤늦게나마 수습을 할 참이다. 차를 끓여서 떡과 함께 슬며시 남편 앞으로 들이민다. ✻

강물처럼

사람들은 저마다의 취향이 있기 마련이다. 그전의 나는, 같은 물건이라도 자주 바꾸어 새것을 쓰는 편이었다. 값비싼 것을 하나 사서 오래 쓰기보다는 웬만한 것을 쓰다가 버리고 다시 사고는 했다. 비용으로 따져 보면 서로 엇비슷해서 사는 재미를 즐기며 살았다. 같은 용도의 물건이라도 남들이 다 가지고 있는 것이 아닌 조금 특이한 디자인에 마음을 뺏긴다. 잡지에서 본 찻숟가락을 사려고 며칠 동안 백화점과 큰 장을 뒤진 적도 있다. 그럴 형편이 되어서가 아니라 소품 하나도 남다른 것을 구해야 직성이 풀렸다. 하지만 이런 호사도 요즈음은 그만 시들해졌다. 새것보다는 적당히 낡은 것을, 특이한 것보다는 한눈에 띄지 않는 평이한 것을 찾게 되었다.

요즈음 즐겨 입는 티셔츠가 바로 그런 것이다. 대형마트 이월상품 매장에서 샀으니 아무리 높게 매겨도 만 원도 안 되는 가격이었다. 목둘레와 소매 끝이 늘어나고 낡아서 벌써 쓰레기통에 들어가고도 남음직한 옷이다. 격식을 갖추어야 하는 정장을 입을 때는 어쩔 수 없지만 편한 외출을 할 때는 코트나 가디건 아래 받쳐 입는다. 소재가 면이라 부드러워서 몸에 부대끼지 않는다. 고상한 보라색인데 적당하게 탈색이 되어서 튀지 않고 은은하다. 값이 싼 것이니만큼 조심하지 않아도 될 정도로 만만하다. 내가 편안해하니 상대방도 내 옷차림 때문에 긴장하지 않는다.

책도 가끔 중고를 산다. 값이 저렴한 것이 큰 이유이다. 또한 다소 낡고, 누군가가 읽어서 손때가 묻은 것이 친근하고 편하게 느껴져서이다. 손을 타지 않아 칼날처럼 빳빳한 책장을 넘기던 긴장감을 더 이상 즐기지 않게 되었다. 중고 책을 보다가 슬쩍 줄이 그어져 있거나 메모라도 있으면 꼼꼼하게 살펴본다. 내가 좋아하는 구절에, 나와 비슷한 생각을 적은 메모를 보면 기분이 좋아진다. 누군지는 모르지만 세상에 나와 같이 생각하고 고민하는 사람이 있는 것에 적잖이 위안이 되기도 한다.

몇 해 전까지만 해도 밤늦도록 책을 읽거나 텔레비전 영화를 보았다. 무슨 터무니없는 자부심이었는지 자정을 훨씬 넘겨서 잠자리에 들면 하루를 보람 있게 살았다는 뿌듯

함이 들었다. 다음 날 새벽 일찍 하루의 일과를 열면서도 피곤하지 않았다. 그때는 그것이 젊음이 주는 선물인줄 깨닫지 못했다. 이제는 그런 열정이 어디로 자취를 감추었는지 책을 읽다가 잠이 들기가 예사이다. 보고 싶은 영화 목록을 염두에 두었다가 영화관에 가면 이미 오래 전에 상영이 끝난 경우도 부지기수다. 속도를 내지 못하는 독서나 놓친 영화가 더 이상 애달프지도 않다.

음식도 다르지 않다. 기름진 것을 좋아하여 이름난 맛난 음식을 먹으러 먼 길을 마다하지 않고 다녔다. 지금은 먹는 것에 그리 많은 시간과 돈을 투자하지 않고 오히려 값이 싸고 담백하고 거친 음식을 주로 먹는다. 양도 많이 줄였다. 체중 관리를 위해서라기보다는 어느 순간 조금만 많이 먹으면 몸이 부대꼈다. 몇 차례 그런 일을 겪고 보니 몸이 보내는 신호라는 것을 알아차렸다.

예전에는 수시로 다른 색깔을 보이는 변화를 싫어하고, 어쩔 수 없는 걸음을 해야 할 때도 미리 선을 긋고 시작했다. 처음 보는 사람과는 웬만해서 먼저 말을 섞지 않았다. 딱히 비사교적이라기보다는 혹시 실수를 할까 저어하는 마음이 앞선 탓이었다. 이러쿵저러쿵 남의 말을 하는 것을 좋아하지 않을 뿐더러 한술두술 남에게 말을 듣는 것에도 완강했다. 그런 내가 어느 사이 경계를 느슨하게 풀고 있었다.

　며칠 전, 거리를 지나다보니 집 앞에 스티로폼 박스를 두고 흙을 채워 꽃과 채소를 기르는 할머니가 계셨다. 그전 같으면 가방에 넣어둔 카메라를 꺼내 몰래 슬쩍 두어 장 찍고 가던 길을 갔을 것이다. 그런데 걸음을 멈추고 이 꽃 이름이 뭐냐, 상추 옆의 이것은 또 뭐냐, 할머니 연세는 얼마시냐, 혼자 사시냐, 점심은 드셨냐 질문을 하며 너스레를 떨었다. 처음 보는 할머니와 주거니 받거니 하면서 십여 분을 떠들다가 문득 실소를 했다. 그전과 다른 내가 전혀 낯설지가 않았다. 무엇이 나를 이렇게 변하게 한 것일까?

　세월은 강물 같아서 속내를 감추고 소리도 몸짓도 없지만 그저 무심하게 흐르지는 않은 모양이었다. 다시 한 굽이를 휘돌며 문득 돌아보니 그동안 고집해 온 것들은 이미 내 삶의 중심에서 밀려나 있었다.

　어느덧 저만치 바다가 보이는 세월에 다다르고 보니 거칠 것 없이 빠르게 흐르던 시절만이 생의 축복이 아님을 깨닫는다. 몸도 마음도 얼마간 모가 깎이고 나니 살아가기가 훨씬 수월해졌다. 웬만한 일에는 조바심을 내지도, 애면글면 마음을 끓이지도 않는다.

　밖으로 향해 있던 시선을 하나씩 거둬들여 나 자신을 들여다본다. 슬쩍슬쩍 흰머리가 눈에 띄고 목에도 주름이 잡히기 시작하는 중년의 여인이 거기 있다. 어딘가 어색한 모습이다. 오래 입어서 낡은 옷처럼 편안하고 만만하게 대했지만 남은 생애동안 내가 사랑해야 할 존재가 아닌가. 중간에서 어긋나지 않고 묵묵히 함께 걸어와 주어서 고맙기 그지없다.

이제 삶의 안과 밖을 아우르며 느리고 고요하게 흘러가고 싶다. 바다를 향해 가느라 폭이 한껏 넓어져 천천히 흐르는 강물처럼 그렇게. ✻

아버지의 통조림

　과수원을 하시는 분이 복숭아를 보내왔다. 첫 수확한 것을 공판장에 내기도 전에 우리 집에 먼저 보낸 것이었다. 따뜻한 마음씀씀이가 복숭아보다 먼저 와서 내 마음을 뭉클하게 한다. 해마다 이맘때쯤 복숭아를 받으면 나는 머뭇거림도 없이 어느새 유년의 집으로 달려간다.

　어린 시절, 나는 아버지가 편찮으시기를 기다렸다. 아버지는 몸이 조금만 편찮으셔도 자리를 보존하고 누우셨다. 지금 생각해 보니 딱히 몸이 아프셨다기보다는 가난한 집안의 육남매의 맏이로 태어나서 생활을 책임지느라 마음이 먼저 지치신 것 같았다.

　다행히 아버지는 사업 능력이 있어서 오래 걸리지 않고 집안을 일으켰다. 약주라도 한 잔 드신 날에는 가게를 하시면서 대가족의 삶을 꾸려 가시느라 바쁜 엄마까지 불러다 앉혀놓고 '눈물 젖은 두만강'이나 '흥남부두', '굳세어라 금순아' 같은 노래를 구성지게 부르셨다.

　아버지는 감성이 풍부하고, 상황판단이 빠르고, 명석하신 분이었지만 공부를 많이 하지 못했다. 나중에야 깨닫게 된 사실이지만 아버지의 슬픔은 거기에 있었다. 가끔 혼잣말처럼 말씀하시곤 했다.

"내가 공부만 좀 더 했더라면……."

아버지가 그런 말씀을 하실 때마다 나라도 공부를 더 열심히 해야지, 공책을 아껴 써야지, 동생들을 잘 데리고 놀아야지 하는 생각들을 했었다. 그것밖에 내가 아버지를 기쁘게 해 드릴 일이 없었다. 할아버지 할머니를 모셔야 하고, 어린 자식 사 남매 뿐만 아니라, 학교를 보내고 혼인을 시켜야 하는 네 명의 동생들이 마음의 짐이 되었을 것이다.

가정 형편이 좋아졌는데도 아버지는 가끔 자리를 보전하고 누우셨다. 그것은 어쩌면 자기연민을 다독이고 재충전을 위한 아버지 나름의 방법이 아니었을까 하는 생각이 든 것도 내가 철이 들고 나서였다.

아버지가 자리를 깔고 누우면 친구 분들이나 집안 친척들이 당시에는 귀한 과일이나 계란, 통조림, 양과자 같은 것들을 들고 병문안을 오셨다. 그래서 아버지가 편찮으시기만 하면 아버지의 자리 머리맡에 먹을 것이 수북이 쌓였다. 밤이면 어린 자식들에게 나누어 주셨다. 그 중에 잊을 수 없는 것은 복숭아 통조림이었다. 나는 그것이 복숭아인 줄도 몰랐다. 그 당시 우리가 먹을 수 있었던 것은 어린아이 주먹만 한 신 복숭아가 고작이었지만 통조림에 든 것은 크기가 커서 이등분, 혹은 사등분으로 쪼개어져 있었다. 입에 착 달라붙은 과육의 맛은 도저히 잊을 수 없었다. 통조림이나 병에 든 주스, 삶은 계란 등을 잔뜩 쌓아놓으시긴 하지만 아버지는 별로 드시지는 않았다.

초등학교 저학년 시절이었으니까 아마 철이 없어서일 것이다. 나는 아버지가 좀 오래 견디신다 싶으면 어김없이 물었다.

"아버지, 또 언제 아파?"

아버지는 복숭아를 좋아하는 나에게 자주 복숭아 고장으로 시집을 보내야겠다고 하셨다. 아버지의 그 말씀 때문이었을까, 나는 결혼을 하여 여러 도시를 옮겨가며 살았는데 복숭아로 유명한 곳에 살게 되었다. 지난번에 살던 곳도 이호우, 이영도 남매 시인의 생가가 있는 곳으로 봄이면 복사꽃이 온 산천을 화려하게 수놓는 곳이다. 이사를 와서 살게 된 이곳도 자동차로 이십여 분만 가면 복숭아로 유명한 고장이다. 사진 공부를 하고 있는 나는 봄이면 온 동네를 분홍빛으로 수놓는 복사꽃 마을을 찾는다.

대가족 속에 부대끼며 살면서 가족과의 친밀한 유대와 아버지의 풍성한 사랑은 값으로 매길 수 없는 큰 재산이었다. 살아가면서 때로 그만 주저앉고 싶을 때도 있었지만 아버지를 생각하면 그럴 수 없었다.

학업으로 일찍 집을 떠난 아이들에게 한 달에 한 번 생필품이나 간식을 보냈다. 그럴 때마다 빠지지 않는 것이 바로 복숭아 통조림이다. 동네마다 마트니 편의점이니 하는 가게가 여럿이고 과일도 지천인 세상에 용돈이나 좀 넉넉히 보내면 될 것을 요즘 사람답지 않게 웬 통조림이냐고 친구들은 핀잔을 주었다.

사실 아들은 단것을 좋아하지 않아서 그 옛날 내가 즐겨 먹었던, 세상에서 가장 맛있는 것이라고 생각했던 통에 담긴 진한 복숭아 과육을 그리 즐기진 않는다. 그러나 외할 아버지와 어미의 이런 사연을 알고 있는 아이들은 짐짓 복숭아 통조림을 좋아하는 척한다.

서울에서 직장 생활을 하는 아들에게서 주말에 잠깐 다녀가겠다는 연락이 왔다. 통조림은 별로 좋아하지 않지만 다행히 가공하지 않은 복숭아는 좋아한다. 아들에게 먹일 요량으로 이웃에서 보내온 첫물 복숭아를 잘 갈무리하여 냉장고에 넣어둔다. 내 입에 들어가는 것보다 자식의 입에 들어가는 것이 더 흐뭇하다. 오래 전 아버지도 그러하셨을 것이다.

내가 우리 아이들에게 보낸 것은 통조림이 아니라 어쩌면 아버지에 대한 그리움인지도 모른다. 오빠와 나란히 앉아서 아버지께서 주실 맛난 먹거리를 기다리던 때로부터 참으로 멀리 왔다. 나는 아버지께로 갈 수 없고 아버지도 나에게 오실 수 없다.

아버지는 오래 전, 오십 다섯의 이른 연세에 돌아가셨다. 머리맡에 앉아서 아버지의 통조림을 기다리던 어린 계집 아이는 올해 꼭 그 나이가 되었다. 그래서 이 봄이 더욱 서럽다. 복숭아를 앞에 두고 하염없이 목이 멘다. ✻

색깔찾기 놀이

초등학교에 다닐 때, 학교가 파하면 땅거미가 질 때까지 운동장에서 놀았다. 고무줄놀이, 공기놀이, 땅 따먹기, 숨바꼭질, 무궁화 꽃이 피었습니다 등 무엇을 하든 시간 가는 줄을 모르고 놀이에 열중했다. 주위가 어둑해지면 그제야 구석에 쌓아두었던 가방을 찾아 집으로 가곤 했다.

그때 친구들과 하던 놀이 중에 색깔찾기 놀이가 있었다. 술래가 어떤 색깔을 말하면 나머지 아이들은 그 색깔을 찾기 위해 일시에 흩어졌다. 주로 친구들의 옷에서 색깔을 찾았지만 여의치 않으면 꽃이 만발한 화단으로 뛰어들기도 했다. 예나 지금이나 제일 정성들여 가꾸는 화단은 교무실이나 교장실 앞이다. 가끔은 선생님께 들켜 교무실에 불려가 벌을 서기도 했다.

지는 것을 싫어했던 나는 늘 크레파스를 가방에 넣어갖고 다녔다. 색깔을 찾다 못 찾으면 크레파스에서 색을 골라 들이밀면 술래는 약이 올라 어쩔 줄 몰라 했다. 반칙이라며 펄쩍 뛰기도 했다.

우리가 색깔의 이름을 부르며 놀았던 그 시절은 정말 다양한 색깔을 품고 살았던 때였다. '분홍' 하면 세상이 온통 분홍빛으로, '파랑' 하면 눈앞이 파랑빛으로 펼쳐졌다. 우리들이 색깔 그 자체였다. 그 누구도 우리의 색깔을 가늠할 수 없었다. 각자의 삶이 어떤 색깔로 전개될 것인가 기대하는 것은 가슴 뛰는 일이었다.

시간이 지나면서 점차 색깔을 잃어버렸다. 아니 많은 색깔이 부담스럽고 귀찮다는 생각까지 들었다. 그러다가 문득 한 가지 색만을 고집하며 살고 있는 나 자신을 발견했다. 그 한 가지 색은 너무 완강하여서 다른 색깔들이 스며들 여지가 없었다.

색깔을 하나만 고집하며 살아왔다고 마음도 과연 하나일까? 어쩌면 마음은 열 개, 스무 개, 아니 천 개도 더 될는지도 모른다. 하루 동안 머릿속으로 스쳐가는 수만 가지 생각들은 다 마음에서 나오는 것이 아닌가? 그런데도 마음은 하나이고 한 가지 색깔이라고 착각하며 사는지도 모른다.

어느 날, 일부러 시간을 내어 색깔을 점검해 보았다. 나는 빨강인데 같은 울타리 안에 사는 남자는 녹색이라는 것이었다. 빨강과 녹색은 도저히 섞일 수 없는 반대쪽에 있는 색깔들이다. 서로 있는 힘을 다하여 상대의 색깔을 지우고 내 색깔로 칠하고 싶어 안달을 했다. 그럴수록 빨강과 녹색은 더 선명한 색깔이 되어갔다.

사라지는 것은 시간만이 아니다. 초등학교 시절에는 다 셀 수도 없이 다양하던 색깔들이 시간과 함께 자취를 감춰버렸다. 색깔찾기 놀이를 너무 오래 쉬었던 것일까? 이제라도 다시 시작하면 그 많던 색깔들을 불러올 수 있을까? ✯

겸손이라 말해도 될까

나보다 열다섯 살이나 적은 친구를 만났다. 늦둥이를 돌보느라 시간내기가 여의치 않아서 내가 친구의 시간에 맞추었다. 그 시간이 아침 열 시였다. 시간에 대려고 부지런히 가고 있는데 전화가 왔다. 약속을 잡은 커피전문점이 문을 열지 않아서 옆집으로 자리를 옮긴단다. 너무 이른 시간이었나 보다.

우리는 몇 해 전 문화센터 사진반에서 처음 만났다. 나이도, 출신 학교도, 사는 동네도 다 다르지만 사진을 좋아하는 이유 하나만으로 다섯 명이 뭉쳐서 다녔다. 세월이 지나자 모두들 사진보다 더 신경을 써야 할 일들이 생기는 바람에 카메라를 손에서 놓게 되었다. 자연히 규칙적으로 만나던 것이 뜸해져서 연례행사로 일 년에 한 차례 얼굴을 보는 것이 고작이었다.

이 친구와는 사는 동네가 가까워서 서너 달에 한 번 정도는 보고 있다. 그동안 나는 사진 찍기에서 글쓰기로 옮겨 앉았다. 친구는 늦둥이 육아에 푹 빠져 있지만 사진을 놓지 않고 있어서 봄에 전시회를 계획하고 있다.

겨울이 들어서는 길목에서 얼굴을 보았는데 지금은 봄이 막 문을 열고 있는 참이니 한 계절 만에 만난 것이다. 커피를 마시며 친구는 아이 키우는 이야기를 잠시 하더니 이내 사진으로 돌아왔다.

나는 주로 글에 대한 이야기를 했다. 내 뇌리에 강하게 남아 있는 두 분 선생님에 관한 이야기였다. 한 분은 선생님으로서의 인격이나 자질이 부족한 분이고 다른 한 분은 그와는 정반대이신 분이다. 두 분 선생님을 한 이야기 안에 풀어놓으며 제목을 무엇으로 해야 할까 고심하고 있다는 이야기를 했다.

그 전에는 글에 제목 다는 것이 별로 어렵지가 않았다. 본격적인 글을 쓰기 전부터 내 블로그나 다른 인터넷 매체에 이런저런 제목으로 짧은 글들을 써본 이력이 있어서였다. 그러나 글공부를 시작하고 몇 차례 제목에서 제동이 걸리고 나니 다소 의기소침해졌다.

처음에 내가 단 제목은 '너는 어느 쪽이냐'였다. 그런데 아무래도 너무 직선적인 것 같아서 글 선생님께 통과되기

어려울 듯싶었다. 읽는 이에게도 너무 무례할 것 같다는 생각이 들었다. 그래서 고심 끝에 '나는 어느 쪽일까'로 제목을 바꾸었다고 했더니 이 친구가 갑자기 웃음을 터트렸다.

웃음을 멈추기를 기다렸다가 웃은 이유를 물었더니 나답지 않다는 것이다. 친구가 알고 있는 나는, 의리를 지켜 자리를 잘 옮겨 앉지 않고 소신이 있어서 문제에 부딪히면 정면돌파를 할 만큼 강단이 있단다. 좋아하는 것과 싫어하는 경계도 분명하고 주변 정리도 철저해서 인간관계에도 별로 구설에 오르지 않는다고 했다. 그런 내가 짧은 글의 제목을 달면서 이 눈치 저 눈치 보며 뒤로 확 물러선 모습이 낯설다는 것이었다.

친구는 내 나이가 한참이나 많은 것을 고려해서 완곡하게 표현을 했지만 사실 하고 싶은 말은 이거였다.

'성질 다 죽으셨군요.'

그러면서 여전히 웃음을 깨문 채 낮은 목소리로 물었다.

"너무 겸손해지신 것 아니에요?"

글쎄, 이런 경우에도 겸손이라 말해도 될까? ✄

4부 숨은 꽃

숨은 꽃

가족이 하나 늘었다. 이미 수도 없이 읽어서 과정이나 결말을 훤히 알고 있는 소설책 같은 부부만 살고 있는 집에 온 선물이었다. 신간서적이 들어온 셈인데 나는 책을 펼치기도 전에 겁부터 났다. 내 관심분야가 아닐 뿐더러 읽다가 구석에 밀쳐둘 수 있는 것도 아니기 때문이었다.

얼마 전, 집을 옮겨 앉았더니 친구들이 이사 선물로 화분 하나를 사주마고 했다. 식물을 기르는 데는 도무지 소질이 없는 나는 손사래를 치며 한 계절 보고 마는 국화분이나 사 달라고 했다. 그러나 친구들은 예쁜 도자기 화분에 옹기종기 모여 있는 바이바이올렛을 내 가슴에 안겨주었다.

내가 자신 없어 하는 것을 눈치 챘는지 꽃집 주인은 화분을 상자에 담아주며 일주일에 한 번 정도 분무기로 물을 뿜어 주면 되니 키우는 것은 문제가 없다고 했다. 식물의 생태를 잘 아는 전문가의 입장에서 보면 그렇지만 내게는 쉬운 일이 아니었다.

몇 해 전, 야생화를 공부하면서 식물에 대한 애정을 가지려고 부단히 노력하였다. 사진을 찍어가며 이름도 외웠다.

그러나 한두 주일만 지나면 그런 노력은 허사가 되어버리고 민들레, 나팔꽃, 봉숭아, 국화 등 초등학교 교과서에 나왔던 이름 정도나 겨우 아는 수준으로 돌아가버렸다.

바이바이올렛이 우리 집에 온 날부터 아침 일상이 달라졌다. 잠자리에서 일어나면 집을 떠나 있는 두 아이를 생각하며 잠시 기도를 한다. 그 다음에는 창가에 있는 화분으로 간다. 가서 인사를 한다. 아니 제발 살아달라고 통사정을 한다. 화분을 사준 친구를 만나면 화초의 안부를 물을 테니 그만큼 신경을 쓰지 않을 수가 없었다.

어느 날, 자세히 보니 두꺼운 잎사귀 사이로 보일 듯 말 듯 꽃망울이 맺힌 것이 보였다. 세상에나, 그 경이로움이라니! 아침마다 들여다보면 꽃대는 조금씩 키를 더하고 있었다. 어른의 손가락만 한 작은 생명이지만 자라기를 멈추지 않는다. 나의 노력과 수고는 어디 그런가. 웬만큼만 하면 '이만하면 됐다'고 스스로 만족하며 성장하기를 멈추어버린다.

그런데 며칠 있다가 보니 꽃대 끝의 녹두만 한 꽃망울이 말라 있었다. 예감도 없이 눈물이 났다. '그럼 그렇지, 내가 무슨 꽃 키우기야!' 무엇이 문제였을까. 며칠 동안 곰곰이 생각했다. 생각이 깊어지자 나는 작은 바이바이올렛이 되었다.

'주인아주머니는 무엇이 그리 바쁜지 늘 종종걸음을 쳤다. 매일 아침 일곱 시면 나를 보러 왔다. 잠시 들여다보며 한 마디를 건넸다. "제발 좀 잘 자라줘." 그러고는 내 대답은 기다리지도 않고 아침밥을 하기 위해 자리를 떴다. 화요일이면 내 얼굴도 제대로 보지 않고 분무기로 물을 뿜어주었다. 주인아주머니는 일주일에 한 번 주는 것이니 아끼지 않고 듬뿍 주는 것이겠지만 나로서는 그 물의 양이 버거웠다. 더구나 몸에다 대고 직접 뿌리는 바람에 몸이 늘 축축했다. 창문을 닫아 두고 있어서 신선한 공기도 그리웠다. 결국 나는 이 집으로 와서 처음 틔운 꽃망울을 피워보지도 못하고 고개를 떨구고 말았다. 아침에 나를 보러 온 주인아주머니는 매일 하던 말을 하지 않았다. 대신 한참동안 나를 들여다보며 앉아 있었다.'

며칠 동안 생각에 잠겨 있었더니 어떤 깨달음이 왔다. 바이바이올렛에서 다시 나로 돌아왔다.

생명은 저절로 자라지만 다른 한편으로 보면 저절로 자라지는 않는다. 기후, 온도, 햇빛, 습기 등 여러 가지 조건들이 맞아야 한다. 꽃봉오리 하나 피우기까지, 작은 잎새 하나 틔우기까지의 현상은 그야말로 '생명에의 외경' 그 자체이다. 꽃대를 올리고 꽃을 피우는 일은 식물의 입장에서는 더 많은 에너지와 영양을 필요로 하는 일이다. 신선한 공기와 햇빛은 필수조건이다. 꽃을 놓치고 나서야 비로소 그 생각이 들었다. 우리는 살아가면서 이런 실수를 얼마나 많이 하는가. 곁에 있을 때는 소중한 줄 모르다가 그것을 잃고 나서야 뒤늦은 후회할 때가 잦다.

그 무렵 나에게 변화가 일어났다. 몸담아 일했던 곳을 떠나야 할 일이 생겼다. 일방적인 통보였다. 다시 일할 곳을 찾아보아야 하는 처지가 되었다. 겨울에 들어서는 길목에서 당한 일이어서 수은주가 내려간 만큼이나 마음도 바닥으로 추락했다. 다리에 힘이 빠지고 머릿속이 하얘졌다. 두 번이나 자리를 옮겨 앉아본 경험이 있었지만 일터를 옮기는 것에 대한 낯가림은 익숙해지지가 않았다.

같은 시행착오를 겪지 않으려면 어떻게 살아가야 하는지 가늠하기가 어려웠다. 인생길을 가는 것이 어릴 적 한글을 처음 깨치는 것 같으면 얼마나 좋을까 싶었다. 초등학교에 들어가기 전, 어머니는 한 줄이 여덟 칸인 공책에다 점선으로 '가갸거겨……'를 써주었다. 나는 어머니가 미리 써준 점선을 그대로 따라가기만 하면 되었다. 그러면

글자가 완성되었다. 그렇게 한글을 익히고, 친구를 사귀고, 학교를 알아갔다.

살아가면서 부딪히는 일들은 그냥 일어나지 않는다. 모든 일에는 원인이 있을 터이다. 나름 애를 쓰며 사느라고 살아왔는데 삶의 어느 부분이, 어디서부터가 잘못되었는지 알 수 없었다. 안개 속에 갇힌 기분이었다.

내 문제에 빠져 열흘 가까이 방치해 두었던 화분을 들여다보니 바이바이올렛은 또 다른 꽃망울을 세상에 내보내고 있었다. 꽃대가 일 센티쯤 올라와 있었다. 그 옆을 자세히 살피니 아직 잎 아래에 수줍게 숨어 있는 네댓 개의 다른 꽃망울도 보였다. 갑자기 가슴 속에서 뭉클한 것이 솟구쳤다. 그렇다. 생명은 자라기를 멈추지 않는다. 일주일이 지나자 드디어 연보랏빛 꽃을 피웠다.

다행히 문제가 잘 해결되어 한 겨울에 새로운 일터를 알아보고 집을 옮겨야 하는 어려움은 겪지 않게 되었다. 돌아보면 나의 삶은 그저 바쁘고 분주하기만 했지 안으로의 진중한 성찰이 없었다. 서 있는 자리에 안주하여 낡고 안일한 방식으로 살아오면서 기왕에 품고 있는 꽃망울을 틔울 생각조차 하지 않고 살아왔다. 스스로 성장하기를 멈춰 버린 삶이었다.

어설픈 주인에게 실망하지 않고 다시 꽃대를 밀어 올리

며 꽃을 피우는 바이바이올렛이 온몸으로 내게 하고자 한 말은 무엇이었을까? 그 말이 듣고 싶어 몸을 낮추었다. 나의 인생에는 아직 피울 수 있는 꽃망울이 얼마만큼 더 남아 있을까?

　세상의 많고 많은 집 중에서 우리 집으로 온 작은 바이바이올렛은, 인생을 좀 더 진지하게 살라는, 신이 주는 잠언집箴言集이 아닌가. ✱

퇴깽이와 거북이

'퇴깽이 40분 거북이 1시간 20분' 이라고 쓰여 있는 표지판이 눈에 띄었다. 창녕에 있는 화왕산 등산길에서였다. 산을 절반 넘게 탔을 때 숨이 턱까지 차올라서 마침 조금 쉬어가려고 걸음을 멈춘 지점이었다. 우리 부부는 그것을 보고 참 귀여운 표현이라 생각하며 잠시 웃었다. 가파른 길을 오르느라 지친 등산객들에게 이제 반 넘어 왔으니 정상이 얼마 남지 않았다는 전언이고, 잠시 숨을 고르며 어떻게 갈 것인가를 선택하라는 배려인 듯이 보였다.

우리 집에도 퇴깽이와 거북이가 산다. 남편이 퇴깽이, 나는 거북이이다. 정확하게 말하자면 나는 사실 거북이는 아니다. '수퍼' 퇴깽이와 살다보니 상대적으로 거북이의 신세가 된 것이다.

퇴깽이는 중학교 때부터 도시로 나와 자취를 하며 학교에 다녔다. 그러니 모든 일을 혼자 결정하고 혼자 해나가야 했다. 부모님이 뒷바라지를 해 주는 형편이 아니어서 늘 시간에 쫓기는 생활이었다. 자취라는 것이 살림을 살아가면서 공부도 해야 하지 않은가. 그러면서도 성적은 늘

상위권을 유지하였다. 그 자부심이 퇴깽이로의 삶을 살게 했을 것이다.

거북이는 대가족 속에서 성장했다. 딸이 귀한 집이었고 살림살이에 여유가 있었으므로 별로 답답하거나 급할 것이 없었다. 부모님의 말씀을 잘 따르는 딸이었고 공부도 열심히 했으니 칭찬을 들으며 자랐다. 세상을 왜곡해서 볼 일이 별로 없었다.

그런 두 남녀에게 콩깍지가 씌었다. 콩깍지에는 약이 없다. 상대에게 스스로 실망하기 전까지는 말이다. 그것은 불행하게도 결혼 후에나 오는 일이다. 천생배필이라 여겨 결혼을 하고보니 좋아하는 음식이나 잠자는 시간, 취미 등 어느 하나 비슷한 것이 없었다. 오랜 연애기간 동안 한 콩깍지가 다른 콩깍지에게 일방적으로 맞추어온 것뿐이었다.

결혼하여 살다보니 서서히 본심이 드러났다. 영화를 좋아하는 나에게 영화감상이 취미라고 하더니 알고 보니 장면이 바뀌어서 배우들이 옷만 바꿔 입고 나와도 누가 누구인지 알아보지 못하는 것이었다. 줄거리를 따라가지 못하니 영화보기가 재미있었을 턱이 없었다. 그렇게 콩깍지가 하나하나 벗겨져 갔다.

요즈음도 저녁 무렵이면 사이좋게 산책을 나선다. 퇴깽이는 얼마의 시간 동안 어디까지 갔다 온다는 목표를 가지고 옆도 돌아보지 않고 씩씩하게 걷기 시작한다. 그러나 거북이는 이름도 모르는 들꽃 하나하나 눈을 맞추고 가지고 간 작은 카메라로 사진을 찍으며 걸으니 퇴깽이와는 금방 간격이 벌어지고 만다. 그러니 항상 퇴깽이 40분, 거북이 1시간 20분이 되고 마는 것이다. 앞서가던 퇴깽이는 가끔씩 뒤돌아보다가 간격이 제법 벌어지면 못마땅한 표정을 짓는다. 그러다가 집으로 돌아오면서 기어이 듣기 싫은 소리들을 주고받는다.

퇴깽이는 낮 시간 동안에는 누구보다 열심히 일하지만 저녁밥을 먹고 나면 조금 쉬다가 잠자리에 든다. 거북이는 저녁 설거지를 마치고 나면 그때부터 눈이 반짝거리며 생기가 돈다. 이제부터 혼자만의 시간이니 책을 읽거나 좋아하는 영화를 보거나 틈틈이 메모해 두었던 문장들을 엮어 보고 싶어 한다. 그러니 서로 마음이 맞아서 화기애애하게 하루를 마무리 하는 경우가 드물다.

거북이는 퇴깽이에게 왜 그렇게 물 밖으로 던져진 물고

기처럼 팔딱팔딱 거리느냐고, 왜 잠시라도 진중히 앉아서 차 한 잔 마시지도 못하느냐고, 매사에 그렇게 팔딱거리며 사니 될 일도 안 된다고 소리를 지른다. 그러면 퇴깽이는 세상이 그렇게 만만한 곳이 아니라며 사진 찍을 것 다 찍고, 마실 것 다 마시고, 놀 것 다 놀고 살면 일은 언제할 거냐고 맞받아친다. 그동안 우리 부부의 무대는 말하자면 난타공연장이었다.

퇴깽이에게는 퇴깽이의 속도가 있고, 거북이에게는 거북이의 속도가 있다. 스타일도 다르다. 학창 시절 초등학교 교과서에서 퇴깽이는 '깡충깡충'이고 거북이는 '엉금엉금'이라 배우지 않았는가. 서로 배운 대로 살면 편할 거란 생각을 해 보지만 그건 그저 생각에서 그치고 만다. 퇴깽이는 퇴깽이대로, 거북이는 거북이대로 일정한 거리를 유지하고 살면 될 터인데 그럴 수 없는 것이 부부란 한 무대에서 함께 연기를 해야 하는 처지가 아닌가. 너는 너대로, 나는 나대로 개별의 삶은 주장할 수는 없는 터이다.

얼마 전에 동물의 세계에서 서로의 거리와 관련된 재미있는 글을 읽었다. 침입자가 다가가도 가만히 있다가 일정 거리 이내로 들어서면 공격을 하는데 이를 '싸움 거리'라고 한다. 우리는 아무래도 이 시기는 지난 것 같다. 그 다음으로 포식자가 일정한 거리 이상으로 다가가지 않으면 도망가지 않는데 이 거리는 '도주 거리'이다. 또 '임계 거리'라고 있는데 이것은 서로 잘 지내면서 공격 행동을 하지 않는 거리라고 한다. 우리 부부도 이제 이 거리를 터득해 가고 있는 모양이다.

지금까지 퇴깽이는 모든 일을 혼자 일을 결정하고 추진하며 살아오느라 여러 번의 시행착오를 거쳤다. 적성에도 맞지 않는 대학을 고집하느라, 뜻하지 않는 병을 얻어 투병하느라, 교사 시절엔 현실과 이상에서 갈등하느라, 결국 학교를 떠나 다른 일을 시작하느라 자주 출발선에 서게 되었다. 그때마다 다른 사람들은 이미 저만큼 앞서 달리고 있었다. 그것이 남편을 수퍼 퇴깽이로 살게 했으리라는 생각이 비로소 들었다.

이런 마음이 들기 전까지는 무대 위의 퇴깽이와 거북이는 마음을 맞춰가며 공연하는 것이 힘이 들었다. 서로의 동작이 틀릴까봐, 불협화음을 관객들에게 들킬까봐, 도저히 참지 못해서 중간에 어느 하나가 튀어나가버릴까봐 불안해하고 전전긍긍했었다.

세월은 무심한 것 같아도 우리의 마음결을 수없이 매만지며 흐르는가 보다. 서로 융화가 될 것 같지 않던 퇴깽이와 거북이에게 조금씩이나마 변화의 조짐이 보였다. 무대에 등장해서 오랜 세월 동안 공연을 하다 보니 이제는 함께 호흡하며 서로의 역할을 마음으로 읽게 되었다. 이제는 퇴깽이는 20분을 뒤로 물리고 거북이는 20분을 앞당겨서 같은 보조로 걸어가면 좋겠다.

　그래서 세상이라는 무대에서 퇴장할 때 퇴깽이와 거북이는 함께 만세를 부르고 싶다. 물론 한날한시에 퇴장하는 것은 어려울 것이고 그것은 연출자의 영역이다. 그럼에도 누구든 혼자 남아서 연기를 하더라도 일인이역을 감당하며 나머지 공연을 제대로 마무리하고 싶다. 삼십 년 세월을 함께 공연해온 거북이의 희망사항이다. ✺

사진을 찍다

지난 봄 학기에 평생교육원에서 사진공부를 했다.

오랜 친구를 몹쓸 병으로 먼저 보내고 나서 몸이 많이 아팠다. 거기에서 헤어 나오고 보니 '나 자신'이 행복할 수 있는 일을 한두 가지는 하면서 살고 싶었다. 아픈 몸으로 어렵게 대학에 다니고 있는 남자를 사랑하여 결혼을 하고 남매를 낳아 기르면서 앞만 보고 달려오느라 나를 돌아볼 겨를이 없었다. 어려움을 만날세라 조심하며, 내 앞에 주어진 삶을 열심히 살아왔지만 세상 속에 있는 갈등과 아픔, 시련, 고통들을 피할 수는 없었다. 이제 막내까지 대학을 졸업하고 보니 한 자락 마음의 여유도 생겼다.

내가 카메라를 만난 건 오래 전의 일이다. 내게는 사진 찍기를 좋아하신 아버지와 세 살 터울의 오빠가 있다. 그당시는 사진관에서 카메라를 빌려 주기도 했다. 빌려서 하루를 썼는데 카메라 앞쪽이 약간 긁혔다. 사진관에서는 당연히 변상을 요구했고, 아예 그 카메라를 샀다. 그렇게 해서 처음 카메라를 갖게 되었다. 중학생이었던 오빠 때문에 내 차지가 되기가 어려웠고, 소풍날이나 되어야 간신히 카메라를 만져볼 수 있었다. 장롱 깊숙이 넣어두었던 재산목록 중의 하나였다. 소풍날이면 나는 김밥도 그만두고 카메라만 들고 소풍을 가곤 했다. 가까운 친구들의 오래 전 앨범 사진은 거의 다 내가 찍어준 사진들이다.

필름 카메라의 추억은 아련하다. 사진을 찍고 확인해 볼 길이 없이 필름 한 통을 다 쓸 때까지 기다려야 하고 현상, 인화하는 과정에서 기다림을 배운다. 지금의 디지털 카메라처럼 그때그때 확인해 볼 길이 없고, 마음에 들지 않는다고 지워버릴 수도 없다.

우리의 인생도 이와 마찬가지이다. 마음대로 지우거나 되돌릴 수도 없다. 더욱이 수정할 수도 없다. 한 번 살아버린 삶은, 반성하여 같은 삶을 살지 않겠다는 자각을 할 수는 있어도 '어제'를 다시 살 수는 없다.

어린 자식들의 자라나는 모습을 사진 찍으며 즐거워하셨던 아버지는 이미 오래 전에 우리 곁을 떠나셨고, 사진을 만지면서 영화감독이 꿈이었던 오빠는 집안의 반대에 부딪혀 꿈을 접고 대학에서 학생들을 가르치는 교수가 되었다. 내가 사진을 배워보겠다고 마음먹은 데는 내 앞에 주어진 삶을 살아내느라 아무도 모르게 마음의 갈피에 간직해 두었던 이런 추억들 때문일 터이다.

평생교육원에서 만난 사진반 친구들과 일주일에 한 번 정도 카메라를 들고 길 위에 선다. 두 눈을 다 열고 보는 세상은 내가 애쓰지 않아도 거기 있어서 언제나 볼 수 있다. 그러나 조그마한 사각 프레임으로 보는 세상은 또 다른 모습이다. 하나하나가 의미가 있고, 걸음을 쉬고 '생각'이라는 것을 하게 한다. 세상은 더 빨리, 더 많이, 더 효율적이 되라고 재촉하지만 사진을 찍으려면 일단 그 자리에 멈춰서야 한다. 그리고 셔터를 누르는 순간에는 잠시 숨조차도 멈추어야 한다. 흘러가면서는 제대로 볼 수 없다.

사진과 우리의 인생은 많이 닮았다.

우선 사진은 뺄셈이다. 여러 번 덧칠을 하여 그림을 완성해 나가는 회화와는 반대로 사진은 자꾸 덜어내야 한다. 생략해야 한다. 그런 과정에서 나 자신을 돌아본다. 잠시만 방심하면 기회를 놓치지 않고 들어오는 탐욕과 이기심, 불평과 원망, 게으름과 변명들이 주인 노릇 하지 않도록 마음 매무새를 점검한다.

또 사진은, 찍을 대상을 제일 좋은 것으로 선택해야 한다. 물론 제일 좋다는 것은 비싼 것, 보기 좋은 것, 아름다

운 것을 뜻하는 것이 아니라 내가 찍고자 하는 것의 제일 좋은 것을 말한다. 상한 과일 무더기에서도 '가장 좋은' 상한 과일을 골라내야 한다. 주어진 것에서의 최선의 것을 뜻한다. 나는 어떻게 살아왔는가. 최선은커녕 현실에 자주 절망하며, 타협하며, 포기하며 살아온 날들이 많았음을 감출 수가 없다.

사진을 찍으려면 그 대상에 가까이 다가서야 한다. 요즘에는 망원렌즈의 성능이 좋아서 멀리서도 잘 찍을 수가 있다. 그러나 내가 가까이 다가서는 것만은 못하다. 사진을 찍는 나와 대상과의 교감이 사진의 질을 결정한다고 해도 과언이 아니다. 카메라의 뷰파인더를 통해 오래 관찰을 하다 보면 피사체에 대한 관심과 사랑이 생긴다. 사람이 마음의 창으로 보는 것도 마찬가지이다. 관심과 사랑이 바로 사람 사이의 온기가 아닌가.

나는 사람들을 많이 만나야 하는 일을 하고 있다. 그들의 말을 들어주고, 긍정해 주고, 용기를 주면서 상처 받은 영혼을 만져서 다시 세상 속으로 보내야 하는 일이다. 그러려면 내가 먼저 내 속에 긍정적인 에너지가 충만해 있어야 한다. 내게 없는 것을 남에게 줄 수는 없다. 그 일이 얼마나 어렵고 힘든지 모른다. 하루에도 몇 번씩 도망치고 싶었다. '하필이면 내가 왜 이런 일을?' 하는 생각이 수없이 들었다. 그러나 사진 공부를 하면서 서서히 부정적인 생각은 지우고 따뜻한 마음을 품게 되었다.

다가섰으면 좋은 면을 보아야 한다. 사진은 카메라라는 물리적인 기계를 통해서 마음으로 찍는다. 어느 사진가는 '삶의 발전이 없으면 사진의 발전도 없다'는 말을 했다. 사람이나 사물이나 좋은 면만 있는 것도, 나쁜 면만 있는 것도 아니다. 좋은 면을 바라보는 것은 좋은 사진을 찍기 위한 첫걸음이다.

그 다음으로 사진의 배경을 만들어 주어야 한다. 배경이 없는 사진은 무미건조하고 설득력이 없다. 더불어 사는 사회의 일원인 나도 누군가의 배경이다. 사진 공부를 하기 전에는 나 자신은 안전한 곳에 모셔두고 다른 것들을 탓하는데 주저하지 않았다. 우리는 모두 물질만능, 빈부 격차, 부조리, 무질서, 불합리, 정책의 빈곤, 약자를 위한 배려의 부재 등 많은 사회적인 문제점들이 노출되어 있는 사회를 살아간다. 사진을 찍으면서부터 나 자신도 그런 사회적인 문제의 책임이 있음을 깨닫게 되었다.

나에게 있어서 사진 공부는 인생 공부나 다름없다. 사진은 짧은 순간에 다가왔다가 사라지고 마는 장면을 위해 찰나를 살아야 한다. 반면, 한 장면을 위해 오래 기다려야 하는 것도 역시 사진이다. 이렇듯 사진은 찰나와 기다림을 터득해야 얻을 수 있는 산물이다.

　나의 삶도 마찬가지이다. 별다른 노력이나 수고도 없었지만 좋은 일로 몸을 바삐 움직이면서 신은 나의 편이구나, 감동할 때가 있다. 그러나 몸을 낮추고 마음을 비우고 빈손으로 오래 기다려야 할 때도 있었다. 기다림은 익숙해지지 않아서 그때마다 고통스러웠다. 사진을 배우면서 그것도 인생의 한 부분이라는 사실을 터득했다.

　이렇듯 한 장의 사진을 통해서도 깨달음을 얻을 수 있는 것은 사진기의 렌즈가 열리듯 내 눈도 열려가고 있다는 반증이 될 터이고, 앞으로의 삶도 여일할 것이라는 묵언이 아니겠는가. ✶

겟국을 끓이며

펄펄 끓는 물에 게 세 마리를 넣는다. 조금 후의 제 운명을 예감한 듯 풀이 죽어 희멀겋던 게는 뜨거운 물에 몸을 담그자 금세 밝은 주황빛으로 변한다. 마지막 과시라도 하듯 알을 잔뜩 품은 배를 한껏 부풀린 채.

추운 겨울날이면 엄마는 게를 토막 내어 넣고 국을 끓였다. 할아버지, 할머니, 삼촌들, 우리 사 남매, 문간방에 있던 일가붙이들까지 합하면 항상 열대여섯 식구는 되었다. 그 시절에는 많은 입들을 건사해야 하는 엄마의 고충을 알 리 없었다. 우선 값이 싸고, 손이 많이 가지 않고, 여의치 않으면 물을 더 부어 양을 늘릴 수 있는 음식을 선택했을 것이다. 아무려나 나는 엄마가 끓인 겟국을 좋아했다.

할아버지 할머니 상을 보고 나서 아버지의 국을 뜨고 나면 오빠 차례였다. 그때쯤이면 내 눈이 커졌다. 엄마는 국솥을 휘이 저어 남아 있는 제일 큰 토막을 골라 오빠 국그릇에 담았다. 알도 하나 슬쩍 넣었다. 다음은 내 차례였다. 한 번 젓지도 않고 그냥 국자에 올라오는 대로 담았다. 오빠 것보다 작은 것은 당연했다. "왜, 내 건 작아?" 심술을 부리면 엄마는 눈을 흘기며 제일 작은 조각 하나를 더 넣어 주었다. 두 개를 합친대도 오빠의 옹골찬 한 토막에 비할 건 아니었다. 잠시 고민하다가 그냥 넘어갈 때도 있지만 어떤 때는 상 앞에 앉아서도 골을 내며 오빠에게 바꾸자고 어거지를 부렸다. 맛난 반찬이 있을 때면 슬쩍 아버지의 상에 가서 앉기도 했었다.

냄비에서 김이 무럭무럭 피어난다. 게를 건져내어 토막을 내가며 일일이 게살을 바른다. 무와 배추는 조금 두껍게 채를 썰고 파는 어슷썰기로 썰어 둔다. 국물이 한소끔 끓고 나면 썰어둔 무와 배추, 파를 차례로 넣고 마지막에 발라둔 게살을 넣는다. 엷게 초벌 소금간을 하고 집간장으로 간을 마무리한다. 작은 종지에 떠서 맛을 보니 시원하다.

아침 식탁에 올리니 육개장 같은 얼큰한 국을 더 좋아하는 남편이 짐짓 반색을 하는 척한다. 요즘 들어 새로 생긴 버릇이다.

"겟국이구나! 시원하겠다."

남편은 반찬이 무엇이든 간에 시간만 정확하게 맞추면

별 까탈을 부리지 않는다. 아침에 국을 끓이며 잰걸음으로 유년의 집에 다녀오느라 눈물 한 방울 보탠 것도, 그래서 겟국이 아니라 추억국이라는 것을 남편은 알 턱이 없다.

인생 여정을 걸어오면서 이제 그럴 시기에 당도해서인지 메마른 마음이 자주 바닥으로 내려앉는다. 그래서 가끔 어린 시절에 먹어보았던 음식으로 마음을 달랜다. 남편도 비슷한 증상을 겪고 있는 듯하다. 길을 잃은 듯 자주 머뭇거린다. 오래 서성거리며 가던 길에 다시 오르기를 힘들어한다.

언제든, 무슨 일이든 내 편이었던 아버지와 함께 한 세월보다 남편과 살아온 날들이 훨씬 길다. 아버지를 일찍 여의어서 나도 모르게 남편에게서 아버지를 느끼고 싶었던 모양이다. 그런데 요즈음 나보다도 더 마음이 약해진 남편을 보며 그만 낭패감에 젖고 만다. 이제 그만 품이 넉넉했던 아버지를 기대했던 꿈을 접고 오빠의 국그릇에 옹골찬게 한 토막을 넣던 엄마의 모습으로 살아야 하는 걸까. ✣

서백당에 서다

아무렇지도 않은 듯 흘러가는 나날들이지만 생인손을 앓는 듯 한 아픔이 느껴질 때가 있다. 객지에서 혼자 생활하고 있는 아들이 생각날 때이다. 일부러 일감을 찾아내어 손발을 놀려보지만 그래도 마음이 가라앉지 않으면 한나절 쯤 시간을 내어 아들과 함께 갔던 양동마을을 찾는다.

양동마을을 관통하는 큰 길을 따라 오르다 보면 나뭇잎의 잎맥처럼 양쪽으로 번갈아가며 길이 나있다. 그 작은 오솔길을 따라 집들이 숨바꼭질 하듯 숨어 있다. 기와집과 초가집의 토담 가에 피어 있는 분꽃, 봉숭아, 맨드라미가 정겹다. 마을에 있는 밭들은 양반집에 딸려 있으면서 가랍집, 하배집으로 불린 노비의 집터였다고 한다. 그 집들은 이제 흔적을 찾을 수가 없고 그 자리에 배추, 열무, 호박, 고구마들이 자라고 있다. 사람의 터전에 식물들이 자리를 바꿔앉기는 했으나 오랜 세월 동안 면면이 이어져 내려오는 생명의 끈질김은 경이롭다.

아들도 일찍 집을 떠나 홀로 뿌리를 내렸다. 한창 어미의 보살핌이 필요한 시기에 홀로 멀리 떨어져 지내는 아들을 생각하면 가슴이 저렸다. 한 공간에서 호흡하고 부대끼며 마음을 나누고 정이 들어가는 것이 가족이 아닌가. 세월이 지나 부모인 우리가 아들의 곁을 떠나고 저 스스로의 힘으로 세상을 살아가려면 마땅히 붙좇아야 할 사표가 있어야 할 터이다. 나는 그런 정신을 일찍 집을 떠난 아들에게 물려주고 싶었다.

양동마을은 답사를 위해 편의상 6코스로 나누어 놓았다. 내가 즐겨 찾는 서백당은 입구에서 제일 멀리 떨어져 있어 사람들의 발길이 뜸한 곳이다. 이마에 땀방울이 맺힐 때쯤이면 왼쪽으로 꺾어지는 약간 경사진 길을 만나게 된다. 그 오솔길의 끝자락에 바로 서백당이 있다. 길에서 보면 다소 가파르게 느껴질 언덕에 자리하고 있다.

평대문 구조인 서백당 대문의 좌우에 커다란 소나무 두 그루가 호위하듯 서 있다. 마치 대문을 드나드는 사람을 한 발 먼저 맞이하고 맨 나중까지 배웅하는 일을 사명으로 여기는 듯하다. 자식에게 있어서 어미의 자리 또한 그래야 하지 않을까 하는 생각이 들어 가슴이 뭉클하다.

어느 해 여름 방학을 맞아 아들이 집에 왔을 때 함께 서백당에 왔었다. 나도 여느 부모와 다를 바 없어서 아들이 소위 말하는 명문대학에 가고, 일하는 분야에서 두각을 나타내기를 원하기는 하지만 시야가 좁은 소수의 엘리트가 되기를 바라지는 않는다. 우리 주위에서 일어나고 있는 크고 작은 일들은 다 작은 인생이 아닌가. 아들이 몸으로 부딪혀 가며 배움으로써 삶의 안과 밖을 아우르는 능력과 사유하는 힘을 기를 수 있었으면 좋겠다.

사학을 전공한 아들이 이제 곧 사회에 첫발을 디디게 된다. 한 번도 부모의 뜻을 거스른 적이 없던 아들은 대학입학시험을 앞두고 자신의 소신을 굽히지 않았다. 그 즈음 대학마다 인문학의 위기를 외치며 인문학과를 폐과하거나 축소하고 있는 실정이었다. 우리 사회에 기초학문이 필요하기는 하지만 '하필이면 내 아들이 왜?' 이런 생각을 했다. 역사를 공부하고 싶어 하는 아들에게 그것 해서 밥이나 먹고 살겠냐며 엄포를 놓았다. 이제 와서 생각하니 얼마나 부끄러운지 모르겠다. 학문은 신성하고 또한 인간사의 중요한 축이다. 대학이 그런 학문을 연마하기 위한 마지막 보루이기를 포기한 현실을 개탄해 왔지만 막상 내 문제로 부딪히니 나는 그만 비겁해지고 말았다.

서백당에는 세 개의 편액이 사랑채에 걸려 있다. 편액의 의미는 무릇 사람이 살아가야 할 자세가 어떠해야 하는지 가르쳐 주고 있다. 내가 서백당을 찾으면서도 집의 구조나 건축학적 미학에 무게를 두지 않고 이 편액에 마음을 두는 것은 거기에 담긴 깊은 뜻 때문이다.

서백書百은 하루에 참을 인자 백 번을 생각하라는 뜻이다. 이제 사회에 첫발을 내딛는 아들이 어떤 자세로 세상을 살아가야 하는 지를 가르쳐주는 말이다. 서백당을 송첨松簷이라고도 하는데, 송첨은 소나무 가지로 이은 처마를 말한다. 처마 끝에 솔가지를 달아 햇빛을 가리고 솔향을 즐기려는 풍류가 엿보인다. 그런 여유를 가지고 살았으면 한다. 다음으로 사랑채 방문 위에 걸린 식와息窩이다. 편안한 휴식의 공간에서 재충전에도 힘쓰라는 의미로 받아들이면 될 듯하다.

아들을 생각하며 서백당을 자주 찾는 이유도 물질만능과 무한경쟁 시대를 살아가면서 그 흐름에 휩쓸리지 말았으면 하는 작은 바람 때문이다. 속도와 효율성이 최고의 선으로 대접받는 시대에 살지만 원칙을 지키며 좀 느리고 세련되지 못하더라도 '인간다운 삶'을 추구하며 살았으면 좋겠다.

아직도 양반 가문의 기품과 위엄을 간직하고 있는 서백당에 서면 가슴이 뛴다. 잠시나마 마음을 모으고 있으면 수백 년의 세월을 건너 그들의 삶과 정서, 학문과 교훈이 그대로 나에게 전해지는 것을 느낀다.

서백당 안채에는 오른쪽에 작은 문이 있는데 여기에 '삼현선생지기'라는 글귀가 있다. 이곳이 바로 전설의 산실이다. 이 집터를 잡아준 풍수는 설창산의 혈맥이 응집된 이 터에서 세 명의 위대한 인물이 태어날 것이라고 예언했다고 한다. 손중돈 선생과 그의 생질인 이언적 선생이다. 그리고 한 사람은 아직 탄생하지 않았다고 한다.

물론 내 아들이 이 가문의 생물학적 후손이 될 수는 없지만 명공과 석학을 많이 배출한 이 청백리 가문의 정기를 온몸으로 받아 역사를 전공한 아들에게 보낸다. 마음과 마음은 서로 통한다. 비록 몸은 멀리 떨어져 있지만 그 정신이 아들에게 깃들기를 바라는 마음이 간절하다.

인문학은 그저 책이나 파는 학문이 아니다. 학자들은 인문학을 '인간의 진정한 가치와 삶의 궁극적 의미를 탐구하는 학문'이라고 정의를 내린다. 그렇다면 당연히 질문이 뒤따라야 하는 것이 아닐까. '사람은 무엇인가', '삶이란 무엇인가', '역사란 무엇인가', '사회란 무엇인가' 등의 의문이 들어야 한다. 인문학이야 말로 사람과 사람 사이에서 부대끼며 답을 얻어내야 하는 학문이다. 우리 사회의 조직이나 문화의 근간根幹을 이루어야 하는 '인간학'이다.

나는 이제 아들이 선택한 인문학도로서의 길을 마다하지 않는다. 그동안 이기심을 내려놓느라 힘이 들기는 했다. 앞으로의 세상은 열린 사고와 다양성이 최고의 경쟁력이 되리라고 한다. 청소년기를 거쳐 사회인으로 성장해 간다는 것은 세상을 향해 안테나를 세우고 채널을 열어가는 과정이 아닌가. 그렇다면 미래는 지나간 역사 위에 세워지는 것이 당연하다. 아들이 앞으로 무슨 일은 하든, 어떤 공동체에 몸을 담고 살아가든 대의와 명분을 소중히 여기는 사람이 되었으면 한다. 올곧은 선비정신을 마음에 새기고 세상을 살아갔으면 한다. ✗

외투

여름의 끝자락에서 무더위가 여전히 기승을 부리고 있을 때, 외투 한 벌을 샀다. 요즘은 겨울이라고 해야 날씨가 그 전처럼 매섭게 추운 것도 아니고, 자동차를 타고 다니는 데다 곳곳마다 난방도 잘 되어 있어서 긴 외투가 꼭 소용에 닿는 것은 아니다. 그런데도 혼자 백화점에 갔다가 매장에 걸려 있던 그 외투를 사고 말았다.

도시에서 나서 도시에서만 살아온 태생은 어쩔 수가 없는지 나는 마음이 울적하거나 자투리 시간이 조금 남으면 백화점이나 시가지 중심가를 돌아다니기를 좋아한다. 백화점을 찾은 다양한 사람들을 훔쳐보기도 하고, 의류매장을 돌아보면서 유행을 읽기도 한다. 옷 중에서 유독 겨울 외투만 보면 그냥 지나치지를 못한다. 아마도 삼십 년도 더 전의 일이 머릿속에 각인되어 있기 때문일 것이다.

고등학교 삼 학년 때였다. 대학 입시가 코앞으로 다가와 있었지만 얼마 있지 않으면 졸업을 하고 더 넓은 세상으로 나갈 것이라는 기대에 부풀어 있었다. 나는 엄마께 새 외투를 사달라며 며칠을 조르고 있었다. 몇 년 동안 입었던 외투는 낡긴 했지만 한 해 겨울을 더 입지 못할 정도는 아니었는데, 아마 싫증이 나서였을 것이다. 한 차례 눈물 소동이 나고 뒤늦게 사태를 전해 들으신 아버지의 명으로 새 외투를 갖게 되었다.

일주일쯤 새 외투를 입고 학교에 갔을 때였다. 친구가 특차로 간호대학에 지원해서 시험을 치르고 면접을 본다고 했다. 그 시절만 해도 가정 형편이 어려운 애들이 간호대학에 많이 지원했다.

겨울이라고 모두 외투를 입을 수 있는 것은 아니었다. 친구가 추위에 떨지 않고 면접을 보라고 새 외투를 빌려주었다. 삼사일 정도만 빌려주리라고 생각을 했었는데 친구는 시험을 치르고 학교에 돌아와서도 외투를 돌려주지 않았다. 나도 달라는 소리를 하지 않았다. 며칠 입고 싶은 모양이라고 생각을 했다. 그랬으면 전에 입던 낡은 외투라도 입고 다녔어야 했는데 얇은 교복 바람으로 학교에 다니다가 결국 엄마에게 들키고 말았다.

밤중에 당장 외투를 찾아오라고 나를 쫓아내셨다. 한 시

간도 넘게 대문 앞에서 떨다가 동생이 엄마 몰래 대문을
따 주어서 들어와 문간방에서 잤다. 왠지 그 밤에 외투를
돌려 달라고 친구에게 갈 수가 없었다. 홀어머니와 여러
형제자매들과 어렵게 살고 있다는 소리를 들은 적이 있어
서 마음에 짠한 생각이 들었기 때문이었다.

엄마는 전혀 모진 분이 아니셨는데 밤에 나를 쫓아내신
걸 보면 화가 많이 나신 모양이었다. 그도 그럴 것이 대가
족과 문간방에 끊이지 않던 일가붙이들의 살림을 꾸려 가
시느라 얼마나 근검절약으로 살아오셨는지 모른다. 그러
던 차에 새 외투를 사내라고 투정을 부리더니 그 외투를
친구에게 벗어주고 찬바람을 그냥 맞고 다녔으니……

친구는 진학에 실패하고 친구들 중에 제일 먼저 결혼을
했다. 신중하지 못한 결혼이라 언짢아했는데 어쩌다가 소
식이 끊겼다. 강산이 두 번쯤 변하는 세월을 지나면서 풍
문으로 소식을 들었다. 남쪽의 작은 도시에서 찻집을 하고
있다고 했다.

한걸음에 달려갔다. 친구는 결혼에 실패하고 힘든 세월

을 살았음에도 곱게 나이를 먹어가고 있었다. 고향도 아닌
데 어쩌다 이렇게 멀리 와서 살게 되었냐고 물었다.

"추운 걸 무척 싫어해서 따뜻한 곳을 찾아 살다보니 이
렇게 남쪽으로 내려와 살게 되었어."

기억 저 편에 가려져 있던 학창 시절의 외투가 생각났다.
얼마나 춥고 외롭게 그 시절의 강을 건넜을까. 나는 두 벌
있는 외투를 나눠 입을 생각도 하지 못하고 친구에게서 새
외투를 돌려받아 입고 다녔다.

요즈음은 무엇이든 지천으로 흔한 세상이어서 새 것에
대한 설렘이나 기다림도 없다. 유년의 시절로 돌아가 보
면, 추석이나 설 명절이면 엄마는 우리 사 남매에게 새 옷
을 사주셨다. 보름이나 열흘쯤 전에 새 옷을 사놓고 나면
날짜가 왜 그렇게 더디 가는지, 옷을 놓아둔 다락을 쉴 새
없이 들락거리곤 했다.

오십을 훌쩍 넘긴 나이에 외투 한 벌을 사서 장롱 안에 걸
어놓고 하루에 한두 번씩 만져보며 혼자 실소를 머금는다.

그 시절의 기억을 더듬다 보니 문득 논어의 한 구절이 떠

오른다. 공자가 제자들에게 각자 포부를 묻자, '증점'이란 제자만이 정치적인 야심 대신 '늦은 봄에 봄옷이 다 되거든, 젊은 사람 대여섯, 동자 녀석 예닐곱과 교외로 나가 沂란 곳에 가서 목욕하고 오겠습니다.' 했다고 한다. 얼마나 가난했으면 늦은 봄까지 홑겹의 봄옷조차 한 벌 가질 수 없었을까. 그런데도 궁상스럽다거나 애처로운 생각이 들지 않는다. 없으면 없는 대로 사는 여유 같은 것이 느껴진다.

모든 것이 풍요로운 세상이지만 지나간 시절에 느꼈던, 조금 부족한 것이나 조금 불편한 것, 조금 더딘 것, 조금 거친 것들에게도 곁을 내어주며 살아가자고 한다면 시대에 뒤떨어진 소리를 한다고 지청구나 들을 일일까?

여름의 끝자락에서 산 외투 한 벌로 나는 참으로 많은 생각들을 했다. 내가 산 것은 어쩌면 눈에 보이는 외투가 아니라 다시는 돌아갈 수 없는, 물질로 채울 수 없는 풍요로움을 느끼며 살아온 그 시절에 대한 향수鄕愁를 산 것이 아니었을까. ✻

납작만두의 변명

학창 시절에 즐겨 먹었던 간식 중에 납작만두가 있었다. 이름 그대로 납작하니 볼품이 없어서 시선을 사로잡지도, 구미를 당기지도 못하는 음식이었다. 안에 든 속이라는 것도 부추와 당면 약간이 전부다. 만두피도 얇아서 속에 든 것이 사람의 팔뚝에 정맥이 드러나듯 훤히 비쳤다.

그 납작만두가 갑자기 먹고 싶어서 큰 장을 헤맸다. 가게 앞에서 진열대를 기웃거려 보았지만 눈에 띄지 않아 설마 있으랴 긴가민가하며 물었더니 주인은 반색을 하며 "대구 사람이에요?" 하고 물었다. 주인의 말이 납작만두는 대구에서 학창 시절을 보낸 사람들이나 알 수 있는 음식이라는 것이었다. 그러면서 맨 아래 들어 있는 것을 꺼내 주었다. 나처럼 옛날 기억에 젖어 가끔 찾는 사람이 있다고 했다.

간식으로 만두를 구웠다. 워낙 부피가 없어서 잠깐 온기만 가면 그만이다. 접시에 담는데 마음이 뜨뜻해져왔다.

중학교 시절, 학교에서 집까지 걸어가려면 한 시간 반이나 걸렸다. 시내 한복판에 있는 학교여서 영화관, 옷집, 중국집, 분식집, 시장을 거쳐서 가야 했다. 그런 우리에게 참

새방앗간이 있었다. 교동시장 안에 있는 분식집이었다. 차비로 친구는 떡볶이를, 나는 납작만두를 시켰다.

음식에는 서로 궁합이 맞는 것이 있다. 돼지고기에는 새우젓이 있어야 하는 것처럼 납작만두에는 반드시 떡볶이가 있어야 한다. 물론 납작만두를 양념간장에 찍어먹을 수 있지만 그렇게 먹기에는 너무 싱겁다. 매콤한 떡볶이 국물이 제격이다. 그 납작만두와 떡볶이를 먹는 재미로 날마다 먼 거리를 걷는 것을 마다하지 않았다.

고등학교에 가서는 납작만두를 잊었다. 학교가 파하고 학원에 갔었고 걸어서 간다고 해도 교동시장을 거쳐서 집으로 갈 수 있는 것도 아니었다.

그런데 오늘 떡국에 넣을 만두를 빚으면서 불현듯 그 시절이 떠올랐다. 늘 떡볶이를 시켰던 친구는 어떤 모습으로 살아가고 있을까?

글공부를 하고 있는 나는 자주 좌절감을 맛본다. 여러 날을 끙끙거리다가 겨우 글을 한 편 완성하고 나서 홀가분한 마음으로 다른 사람이 쓴 글을 읽다보면 그만 주눅이 들고 만다. 간결하고 단아한 문장, 선명하게 떠오르는 이미지, 웃음을 머금게 하는 유머, 허를 찌르는 반전, 절묘한 상징이 유연하게 녹아 있어서 고개를 끄덕이게 만드는 글은 마치 속이 꽉 찬 만두처럼 느껴진다.

내 눈에는 그저 스쳐가버리고 마는 일상을 놓치지 않고 건져 올려 맛깔 나는 글을 쓰는 고수들 속에서 어떻게 살아남을까 지레 겁을 먹는다. 그럴 때면 내 신세가, 속이 빈약할 뿐만 아니라 그나마도 제대로 갈무리 하지 못하고 실속 없이 다 드러내는 납작만두 같아 보여서 씁쓸해진다.

한동안 나의 미욱함에 속을 끓이다 보면 슬며시 이런 생각이 든다. 잠시 사람들의 입맛을 현혹하다가 사라져간 음식들이 얼마나 많은가. 요즈음은 음식도 트렌드이고 유행이다. 얼마동안 반짝 인기를 누리다가 사라져버리는 음식도 부지기수다.

거기에 비하면 납작만두는 특별히 인기를 누린 시절도 없다. 그저 떡볶이를 먹으면서 남은 국물에 찍어먹기 위해 곁다리로 출현할 수밖에 없는 존재다. 그래서 지금까지 살아남을 수 있었던 게 아닐까? 그렇다면 특별하지 않은 것이 오히려 다행일지도 모르겠다. 아무튼 떡볶이가 있는 한 납작만두도 사라지지 않을 것이다. 그러니 혼자만의 존재 감이 없다고 너무 슬퍼할 일은 아니다. 납작만두의 변명이다. ✤

온반

집을 나서면 때마다 끼니를 해결하는 일에 신경이 쓰인다. 주머니 사정이 넉넉하고 시간도 여유가 있다면 소문난 맛집을 찾아볼 수가 있겠지만 대부분 그럴 만한 형편이 아니다. 주는 대로 먹어야 하는 여행사를 통한 여행은 말할 것도 없거니와 가족끼리 하는 여행도 시간과 경비의 효율을 따져야 할 때가 잦아서 푸짐하고 느긋한 식사는 늘 희망사항에 그치고 만다.

여행의 묘미는 뭐니 뭐니 해도 먹는 재미가 제일이라는 친구는 여행을 계획하면 제일 먼저 그 고장에서만 먹을 수 있는 특별한 요리나 맛집을 알아둔다고 했다. 이 친구와 여행을 한다면 입이 즐거운 여행이 될 것이다.

그러나 나는 그런 여행보다 눈이 즐거운 여행을 좋아하는 편이다. 한정된 비용으로 좀 더 멀리, 좀 더 긴 여행을 추구하다보니 배고픈 여행을 하기가 일쑤이다. 그런 내가 평생 잊지 못할 음식을 만났다.

지난 해 겨울, 동토의 땅 러시아로 여행을 떠났다. 단발머리 소녀의 꿈이 무려 35년 만에 이루어진 것이다. 중학교 졸업을 앞둔 겨울에 나는 매일 학교 도서관에 가서 온 종일 책을 읽었다. 꿈 많은 사춘기의 여학생은 소설 『유정』을 읽고 며칠 동안 몸살을 앓았다. 주인공 남녀의 이루어질 수 없는 사랑의 마지막 무대였던 바이칼 호수의 장면을 잊을 수 없었기 때문이었다. 언젠가 나도 한 번 가보고 싶었다. 그 당시는 동서냉전의 서슬이 시퍼렇던 시절이라 소련 땅에 가는 것은 그야말로 꿈 같은 소리였다.

포기하지 않으면 꿈은 이루어진다. 드디어 나는 바이칼 호수로 가는 대장정에 올랐다. 시베리아 횡단열차를 타기 위해 세 시간쯤 날아서 몽골의 수도 울란바토르로 갔다. 두꺼운 겨울옷으로 완전무장을 하고 공항을 나섰지만 겨울 시베리아의 바람은 우리의 상상을 초월했다. 살을 에는 칼바람은 맛 좀 보여줄까 하는 듯 해일처럼 다가왔다. 일행 모두 입김이 얼어붙어서 산타클로스 눈썹이 되었다. 동태처럼 꽁꽁 얼어서 이북사람이 운영한다는 한식당에 갔다. 육십 년대 우리 어머니들이 즐겨 입었던 한복 차림의 여성들이 나와서 '반갑습니다'를 비롯한 여러 곡의 북한

노래를 불렀다. 아마 남한 동포인 우리들을 위한 특별 순서인 것 같았다.

칠십 명이나 되는 많은 인원이었지만 예약을 했기 때문에 자리에 앉자마자 음식이 나왔다. 커다란 대접에 담긴 낯선 음식이었다. 공깃밥을 풀어지지 않도록 단단하게 여며서 대접의 한가운데 놓고 그 위에 어린아이 손바닥만 한 빈대떡 하나와 양념한 닭고기를 잘게 찢어서 얹고 계란 지단을 부쳐 고명을 올렸다. 거기다가 곰국도 아니고 그렇다고 맹물도 아닌, 멸치 다싯물 같은 국물을 부은 것이었다. 닭고기는 잘 보이지도 않았고 계란 지단도 종잇장처럼 얇아서 씹는 재미도 없을 뿐더러 맛도 밍밍했다. 그러나 이런 평가는 마지막 국물 한 방울까지 다 비우고 난 이후에나 내린 소감이었다. 입이 거의 얼어붙기 직전이었던 우리들은 세상에서 제일 맛난 음식을 먹었다. 그 따뜻한 음식을 먹고 나니 무엇과도 바꿀 수 없는 행복감이 몰려왔다.

영하 삼십 도의 추위에 몸을 맡겨 보고자 겨울 여행을 택했지만 시베리아 횡단열차를 타기도 전에 매서운 바람에 잔뜩 겁을 먹고 주눅이 든 우리들을 단숨에 녹여준 것은 바로 온반溫飯이었다. 이름하여 '따뜻한 밥'이다. 온반으로 추위를 녹인 우리들은 이렇게 입을 모았다. 우리나라 사람은 역시 밥심으로 산다!

여행을 마치고 돌아와서 인터넷으로 온반에 대해서 알아보았지만 그때 우리가 먹었던 것과는 달랐다. 몇몇 집이 소개되어 있는데 버섯, 파, 숙주, 고사리 등 재료를 푸짐하게 넣고 고춧가루를 풀어서 얼큰하게 끓인 육개장에 가까운 음식이었지 그때의 소박한 온반은 아니었다.

맵고 짜고 얼큰한 것에 길들여진 입맛에 맞지 않았던 음식이었지만 가끔 너무 소박하여 아무런 맛도 느끼지 못했던 그 온반이 그리워질 때가 있다. 돌이켜 보면 시베리아 여행을 무사히 마칠 수 있었던 것은 여행의 첫머리에서 언 몸을 따뜻하게 녹여준 그 온반의 힘이 아니었나 싶다. ✻

굽 높은 구두

올해 들어 세 군데 모임에 나간다. 강의를 듣고 책을 읽거나 토론을 하기 위해서이다. 옷을 차려입고 구두를 신을 때면 가장 굽이 높은 구두를 찾는다. 이십여 년 전에 마련한 것이어서 요즘 유행하는 것도 아니고 옷차림에 썩 어울리는 것도 아니다. 정작 구두를 샀을 당시에는 굽이 너무 높아서 잘 신지 않았다. 통굽인데다 높이가 만만치가 않으니 운전하기에 불편하다. 엑셀레이터나 브레이크를 밟은 감각이 뭉툭해서 이 구두를 신을 때면 따로 운동화를 준비해야 한다.

이런 불편을 감수하면서까지 굽 높은 구두를 신고 나가는 속내가 있다. 다른 사람들의 눈에 크게 보이고 싶은 것이다. 내 키가 작은 것도 아니다. 내 연배에서는 큰 편에 속한다. 그런데도 굳이 십 센티나 되는 구두를 고집하고 있다.

크게 보이고자 하는 저변에는 작다고 생각하는 마음이 깔려 있다. 작은 키가 아님에도 뭔가 밀리는 것 같은 느낌에서 벗어날 수가 없다. 새로 발을 들여놓은 모임에서 내 나이가 제일 많다. 나도 모르게 그것을 의식하고 있는 것이다.

전에는 무모하리만큼 용감했다. 이 눈치 저 눈치 보지 않고 양심껏, 소신껏 행동했다. 별다른 무리가 없었고 눈에 띄는 실수도 하지 않았다. 특별히 구설에 휘말린 적도 없었다. 그런대로 잘 살아왔다는 자부심을 가지고 지내왔는데 모임마다 최고 연장자라는 상황이 되자 그만 의기소침해지고 말았다. 그것을 숨기기 위해 엉뚱하게 굽 높은 구두가 걸려든 것이다.

젊은 시절, 지금의 내 연배의 사람이 말을 많이 하거나, 은근히 나이 대접을 기대하거나, 예의에서 벗어나는 행동을 하면 그냥 보아 넘기지를 못했다. 나이가 들면 갖추어야 할 덕목을 생각하면서 나는 저러지 말아야지 다짐을 했다. 아마 그런 기억들 때문에 모임에 갈 때마다 유난히 나를 단속하는 것일지도 모르겠다. 그러면서도 기가 죽기는 싫어서 좀 더 커 보이는 차림으로 모임에 나가는 것인 듯싶다.

그렇게 한동안 굽 높은 구두를 신고 다니면서 내 마음을 살폈다. 무슨 일이든 힘이 들어가면 자연스럽지 못해서 오래 이어가지 못한다. 때와 장소에 어울리지 않는 굽 높은 구두에 집착하는 것은 몸에 맞지 않는 옷을 걸친 것만큼이나 어색하고 불편했다.

그러나 내 스스로 작다고 느낀다면 거칠 것 없이 종횡무진 하던 삶의 방식에서 이젠 조금씩 주변을 살피게 되었다는 뜻이다. 펄펄 살아 있는 날 것에서 결이 삭으면서 익어간다는 반증이 아닌가. 그것은 성숙으로 가는 과정이니 그냥 흘러가는 대로 두면 될 것이다.

며칠 전, 독서모임에서 일생의 그래프를 그린 적이 있었다. 종이 한 가운데 직선이 그려져 있는데 좋았던 일은 직선 위에, 나빴던 일은 직선 아래에 점을 찍어 그래프를 그리게 되어 있었다. 인생을 온몸으로 부딪치며 살아가는 한창의 삼사십 대의 젊은 엄마들은 지나온 삶의 희비를 떠올리며 열심히 그래프를 그렸다.

옆에서 그것을 보고 있는 내 마음은 고요했다. 돌아보면 내 삶인들 적나라한 무늬들이 없었을까. 그러나 가슴이 뛸 만큼 기뻤던 일도, 허리를 꺾을 만큼 슬펐던 일도 결미가 크게 다를 바 없는 이야기처럼 느껴졌다. 아, 그런 일들이 있었지 하는 정도였다.

나이가 드는 것은 자연의 섭리이다. 어느 작가가 말한 것처럼 젊음이 상이 아니듯 나이듦 또한 벌이 아니다. 그렇다면 나이가 아주 많이 들어서 이제는 저물어갈 일만 남아 있다고 해도 그 나름의 삶의 방식으로 살아가야 하는 것이 아닌가. 어쭙잖게 내가 정해둔 잣대를 들이대어 몸을 사릴 필요는 없는 것이다. 생각이 여기까지 이르자 나이 드는 것이 더 이상 안타깝거나 억울하지 않다.

생각난 김에 내일 모임에 갈 때 신을 구두를 챙겨놓았다.

숲의 일생

가을 숲은 나무들의 아우성이 한창이다. 여름 한철 절정을 지낸 나무들은 몸살로 상기된 잎들을 저마다의 색으로 빛을 내고 있다. 이제 열이 내려서 잎을 다 지우고 나면 더욱 몸피를 줄여 가장 가볍게 겨울을 맞으리라.

얼마 전, 나도 심한 몸살로 병원 신세를 졌다. 이제는 세상에 뿌리를 내리느라 밤낮없이 뛰어야 할 일도 없고, 부모님에 대한 염려도 접었고, 아이들의 진학 문제로 고민을 해야 할 시기도 지났다. 더 넓고 안락한 집에 대한 꿈도 사그라들어 지금 사는 거처에 만족하며 지낸다. 그런데도 내 속에 끓고 있는 이 시끌벅적한 소용돌이들은 무엇인가?

숲은 살아 있어서 숨 쉬고 성장하고 시간이 지나면서 주인이 바뀐다. 사람들만 생로병사의 과정을 거치는 것이 아니라 숲도 마찬가지이다. 지금은 울울창창한 숲이지만 처음에는 망초나 개망초, 둑새풀 등 한해살이풀들이 자랐다. 키 작은 풀들은 마치 어린아이와 같다. 바람이 부는 대로 눕고 바람이 자면 일어서서 재재거렸다. 그 무렵의 나도 별다른 근심이 없었다. 세상은 그저 봄날의 아지랑이처럼 포근하고 아련했다. 내가 꿀 수 있는 꿈은 무한했다. 거칠 것이 없어서 길이 훤히 내려다 보였다.

시간이 지나면 숲에는 쑥이나 토끼풀, 억새처럼 여러해 살이풀들이 들어와서 한해살이풀들을 밀어낸다. 나도 그만 어린아이의 옷을 벗었다. 머리가 굵어지면서 세상으로 걸음을 내디뎠다. 배움의 길에 들어서서 사회를 조금씩 알아갔다. 식물들이 자리를 바꿔 앉으면서 작은 다툼을 벌이는 것처럼 인간관계의 주변이 넓어지자 어쩔 수 없이 세상속에 있는 갈등들을 겪었다. 그러면서 스스로의 힘으로 뿌리 내리고 등을 곧게 세웠다. 손을 내밀어야 할지 거둬들여야 할지도 혼자 가늠했다.

숲은 이제 풀이 아니라 나무가 주인이 되었다. 싸리나무, 찔레나무, 진달래와 같은 키 작은 나무들이 자리를 잡았다. 일단 나무가 자리를 잡으면 숲은 왕성한 시기로 들어선다. 소나무 씨가 날아 들어와 터를 잡고 자라면서 소나무 숲을 이룬다. 나도 뿌리를 내리며 청년의 삶을 열어갔다. 내 앞에 펼쳐질 미지의 삶에 대한 두근거림이 있었다.

내가 부드럽고 안온한 풀의 시절을 지나 한 그루의 나무로 설 때쯤 곁에 있는 나무에게 눈을 주었다. 깊은 옹이 하나를 지니고 홀로 있는 그 나무는 서 있기도 버거워 보였다. 나는 그에게 곁을 주었다. 그는 혼자가 아니라는 생각에 살아볼 용기를 얻었던 것 같다.

주위에서 왕성하게 자라는 튼튼한 나무들 사이에서 우리의 삶은 힘에 겨웠다. 한 줌 햇빛을 위해 수없이 발돋움을 했고, 한 줄기 바람을 위해 팔을 더 넓게 벌려야 했다. 타는 목마름 때문에 뿌리를 깊이깊이 내려야 하는 일을 멈출 수 없었다. 날마다 고단하였지만 살아가는 일에 절망이 스며들 여지를 두지 않았다. 그러면서 여린 두 씨앗을 얻었다. 자식은 좀 더 나은 환경에서 살게 하고 싶어서 일찍 곁에서 놓아주었다.

소나무의 시절이 지나면 수많은 참나무류가 서서히 세력을 넓히기 시작한다. 다시 숲은 서어나무나 박달나무가 더 높이 솟아오르면서 참나무를 밀어내고 또 다른 주인이 된다. 이렇듯 숲의 순환은 물 흐르듯 유연하고 자연에 순응하는 모습이 아름답기까지 하다. 마치 충분히 연습한 오케스트라의 연주를 감상하는 것 같다. 어느 하나도 자리에서 벗어나지 않고, 튀지도 않고, 게으름 부리지도 않는다.

문득 나 자신을 돌아본다. 숲의 생태계 순환을 생각하면 나는 지금 싱싱한 소나무 같은 젊음이 뒤를 보이기 시작하는 세월 위에 서 있다. 숲의 일생 위에 내가 밟아온 삶이 겹쳐진다. 옹이를 지닌 나무와 인연을 맺어 삼십 년의 세월을 쌓으면서 두 그루의 나무도 길러냈다. 때로 가뭄에 시달리고, 비에 젖고, 바람에 흔들리고, 폭설에 힘겨웠지만 주저앉지 않고 다시 허리를 폈다. 나무의 생리가 그러한 것처럼 나 또한 앞에 놓인 삶을 겁내지 않고 살아왔다.

그런데도 지금 나의 이 몸살은 왜일까? 인생의 순환을 받아들이지 못하고 아직도 봄날의 향기로움과 여름날의 싱싱함, 가을날의 화려함만을 붙들고 있기 때문일까?

　겨울을 준비하고 있는 가을 숲에 서고 보니 성장을 멈추고 제자리에서 요지부동인 나 자신이 보였다. 조락도 자연의 섭리가 아닌가. 끝이 아니고 새로운 시작으로 가는 과정인 것이다. 내가 앓고 있는 몸살은 순리를 거스르며 주춤거리느라 생의 흐름을 잃은 탓이었으리라는 깨달음이 왔다. 이제는 지나간 날들에 대한 연민도, 회한도, 집착도 흐르는 시간 위에 놓을 일이다.

　때마침 세상을 돌던 바람이 쏴아쏴아 숲을 스쳐지나간다. 수천수만 개의 잎들이 손바닥을 부딪치며 일제히 소리를 낸다. 그 소리가 마치 이제 그만 마음을 털고 다시 몸을 일으키라는 격려의 박수 소리로 느껴진다. ⚐

여기까지는 또 시작의 원형이다

'수필가는 마음그리기의 달인이다.' 나는 이 말에 한마디 덧붙인다. '이제 수필가는 마음 아닌 마음까지 그린다.'

마음을 어떻게 그토록 잘 그릴까. 무형인 그것에 형상을 주고 색칠해 이것이 마음이야 하고 내미는 수필은 자연한 아름다움이다.

김제숙 글을 읽으면서 '아, 마음이라는 수필이 인생을 그리는구나!' 그 느낌의 여기까지를 다른 방법으로 말하기 위해서는 네 장의 표제 수필에서 시를 발견하는 길밖에 없다. 소위 채록 수필시를 나는 이 발문에 시도하고자 하는 것이다.

조각보

다과상이나 찻상

조각보로 덮어둔다
아이들은 자라서
우리 부부만
일도 줄었다

여러 조각 이어붙인 미로
숨을 고르고
인생을 돌아본다
한 땀 한 땀
조각천을 잇대어야 하는 세월
조각보는
작품이 아니다

천 조각을 가지고도
각각의 조각은
다른 명도를 나타낸다
늦은 밤, 달빛이
강의 작은 징검다리로 남는다
친구가 보내온 조각보
나는 인생을 본다

갑옷을 입어야 하는 이유

왜 갑옷이 필요한가
결론은 외로움이었다
오랜 세월
남자와 여자가
사랑이 빛이 바래면서

직소퍼즐

직소퍼즐을 샀다
고흐의
〈별이 빛나는 밤에〉
천 조각 퍼즐을 맞추면서
나는 고흐를 좋아한다
이유가 있다
마음을 비우는 작업
퍼즐 조각이
인생이다

숨은 꽃

가족이 하나 늘었다
집에 온 선물
바이바이올렛
생명은 저절로 자라지는 않는다
작은 잎새
연보랏빛 꽃
바이바이올렛이 몸으로 한 말
신이 주는
잠언집이 아닌가

우리는 『여기까지』의 뒤쪽과 앞쪽을 넘나드는 자유인이 되고 싶어 한다. 왜 나는 여기까지 와버렸나. 소설가가 수필가의 수필집에 발문을 쓰는 까닭을 말해야 한다. 말하지 않고 말 되는 방법은 없을까. 말을 하면 진정성을 그 말이 먹고 조금 냄새만 피운다. 그래서 전혀 첨언하지 않고 수필 문장에서만 채록한 수필시를 순전한 마음으로 건져 올렸다. 그렇다. 김제숙 수필집 『여기까지』는 또 시작의 원형이다.

문학나무 수필선 010
여기까지

1쇄 발행일 | 2014년 9월 25일

지은이 | 김제숙
펴낸이 | 윤영수
펴낸곳 | 문학나무
편집주간 | 황충상

편집실 | 110-809 서울 · 종로구 동숭4나길 28-1 예일하우스 301호
이메일 | mhnmoo@hanmail.net

출판등록 | 제312-2011-000064호 1991. 1. 5.
주소 | 영업부 | 120-800 서울 · 서대문구 남가좌동 5-5 지하1층
전화 | 02-302-1250, 팩스 | 02-302-1251
ⓒ 김제숙, 2014

값 12,000원
잘못된 책은 바꾸어 드립니다.
지은이와의 협의로 인지는 생략합니다.
무단 전재 및 복제를 금합니다.
ISBN 979-11-5629-015-5 03810